鬼滅の刃《きめつのやいば》
JN052214

風

JUMP j BOOKS

鬼滅の刃《きめつのやいば》
風の道しるべ

吾《ご》峠《とうげ》呼《こ》世《よ》晴《はる》
矢《や》島《じま》綾《あや》

人物紹介

竈門《かまど》炭《たん》治《じ》郎《ろう》

妹を救い、家族の仇《かたき》討《う》ちを
目指す、心優しい少年。鬼や
相手の急所などの“匂《にお》い”を
嗅《か》ぎ分けることができる。

竈門《かまど》禰《ね》豆《ず》子《こ》

炭治郎の妹。鬼に襲《おそ》われ、
鬼になってしまうが、
他の鬼とは違い、人である
炭治郎を守るよう動く。

我《あが》妻《つま》善《ぜん》逸《いつ》

炭治郎の同期。
普段は臆病《おくびょう》だが、眠ると
本来の力を発揮する。

嘴《はし》平《びら》伊《い》之《の》助《すけ》

炭治郎の同期。
猪の毛皮を被っており、
とても好戦的。

不死《しなず》川《がわ》実《さね》弥《み》

鬼殺隊《きさつたい》の"風柱《かぜばしら》"。弟の
玄弥《げんや》に対し、きつい態度をとる。

粂《くめ》野《の》匡《まさ》近《ちか》

風《かぜ》の呼吸《こきゅう》を使う隊士。
実弥に育《そだ》手《て》を紹介した。

栗《つ》花《ゆ》落《り》カナヲ

蟲柱《むしばしら》・胡蝶《こちょう》しのぶの継子《つぐこ》。
無口で、何事も自分一人で
決断することが苦手。

鋼鐵《はがね》塚《づか》蛍《ほたる》

炭治郎の刀を担当する
刀《かたな》鍛《か》冶《じ》。職人気質で
刀を大事にしないと怒る。

時《とき》透《とう》無《む》一《いち》郎《ろう》

鬼殺隊の"霞柱《かすみばしら》"。
"始《はじ》まりの呼吸《こきゅう》"である日《ひ》の
呼吸の使い手の子孫。

小《こ》鉄《てつ》

刀鍛冶の里の少年。
先祖が作った縁壱零式《よりいちぜろしき》で
炭治郎の修業を手伝う。

鬼滅《きめつ》の刃《やいば》

風の道しるべ

目次

第1話

風の道しるべ

「オーイ、大丈夫か？　鬼《おに》の頸《くび》は斬《き》ったから、もう平気だぞ。ああ、左腕の出血がひどいな。取りあえず、これで傷の上からきつく押さえとけ」

少年はそう言うと刀を持っていない方の手で、清潔な布を投げてよこした。

自分より一つか二つ年上であろうその少年は、黒い詰襟《つめえり》の軍服のようなものを着ていた。左目の下に古傷が二つ、かなり深く刻まれている。

「……頸を斬ると、鬼は死ぬのか」

「そんなことも知らずに鬼狩りしてたのか。よく、今まで命があったな」

少年は呆《あき》れたようにそう言うと、鬼の血に濡《ぬ》れた刀を懐紙《かいし》でぬぐって鞘《さや》に戻し、実弥《さねみ》の脇にすとんと腰を下ろした。

「血、止まりそうもないな。仕方ない、上から包帯できつめに巻くか。あとで、ちゃんと治療しろよ」

そう言い、懐から包帯を取り出す。「貸してみ」と傷口に押し当てていた布の上から、

器用に固定しつつ、

「お前だろ？」

とたずねてきた。

「隊士でもないのに、無茶苦茶なやり方で鬼狩りしてるって奴《やつ》。どうしてそんな真似《まね》してるんだ」

実弥の両目を少年のそれがとらえる。

痛いくらい真《ま》っ直《す》ぐな目だった。

実弥は少年から視線をそらすと、ボソリと告げた。

「……醜《みにく》い鬼どもは俺が皆殺しにしてやる」

「そっか」

少年は実弥の昏《くら》い憎しみを軽く受け流すと、

「でも、そのままじゃいつか死ぬぞ？」

無邪気《むじゃき》な声で言った。

「そんな戦い方じゃ、鬼を皆殺しにはできない」

「アァ？」

実弥が少年をねめつける。

すると、少年はその場で立ち上がり、右手を差し出してきた。

「俺がお前に〝育手《そだて》〟を紹介する。鬼を皆殺しにしたかったら、強くなれ」

少年の笑顔は底抜けに明るく、実弥は思わず毒気を抜かれた。

それが、不死川《しなずがわ》実弥と鬼殺隊《きさつたい》隊士・粂野《くめの》匡近《まさちか》との出会いだった――。


「実弥！　お前、また怪我《けが》したのか？」

「……うるせェ」

任務帰りの実弥を家の前で待《ま》ち構《かま》えていた匡近は、肩の傷を見るなりあっという顔になり、とたんに両目を吊《つ》り上《あ》げた。実弥は不快《ふかい》さを隠《かく》そうともせず、

「なんで、テメェがここにいんだよ」

「俺も任務帰りなんだ。鎹 鴉《カスガイガラス》にお前もそうだって聞いて、一緒に飯でも食おうと思ってきたら、また稀血《まれち》に頼るような戦い方をしたんだな？　自分の体を切り刻むような真似はやめろって、前にも言っただろ」

「関係ねえだろォ。テメェには」

実弥が鬱陶《うっとう》しげに前髪をかき上げ、舌打ちする。一刻も早く眠りたいのに、うるさい奴に遭《あ》ってしまったと心底うんざりした。

(毎回毎回、待ち伏せみたいな真似しやがって……なんなんだ、コイツは)

無視して家に入ろうとする実弥の腕を、匡近が素早くつかむ。

「蝶屋敷《ちょうやしき》に行くぞ」

「はァ？」

「ちゃんと治療してもらえ。ついでに、胡蝶《こちょう》さんに叱《しか》ってもらえ」

「！　ふざけんなァ！」

実弥が至近距離から匡近を睨《にら》みつける。隠《カクシ》や同僚どころか先輩隊士にすら恐れられる強面《こわもて》も、この男にはまるで効《き》かない。

「ふざけてない。俺は大真面目《おおまじめ》だ」

「だから、関係ねェだろ！　粂野ォ！」

「関係ないことあるか。俺はお前の兄弟子だぞ。実弥に紹介したのは俺の師匠だからな」

「気安く下の名前で呼ぶんじゃねェ。実弥、実弥、うるせぇんだよォ」

「じゃあ、お前も粂野じゃなくて、下の名前で呼べよ。それなら平等だろ？　ま、さ、ち、か――ホラ、言ってみ」

「そういう話してんじゃねえよ‼」

いらだった実弥が乱暴に腕を振り払おうとするが、匡近はスッポンのように食らいついて離さない。

最後は殴《なぐ》り合《あ》いにまでなったものの、貧血状態の実弥は途中で気を失い、目を覚ました時には蝶屋敷の寝台の上だった……。

✷

「また、自分で自分の体を傷つけたのね」

「放っとけ」

診療室で向かい合った胡蝶カナエは、困った顔で眉尻を下げた。

「前回の任務の傷もまだ治ってないのに、包帯を取っちゃってるし。これじゃあ、傷痕が膿《う》んじゃうじゃない。顔も変形するぐらい腫《は》れてるし」

そう言って、傷口を洗うための消毒液を用意するカナエから、実弥はケッと視線をそらせた。

「それは、鬼じゃねェ」

粂野の糞野郎《くそやろう》にやられたんだと言うと、カナエがため息をついた。

「あんまり粂野君に心配をかけちゃダメよ？」

「ハァ？　アイツが勝手に心配してんだろォ？　大体、なんなんだよォ、アイツはァ」

実弥の声が徐々に大きくなる。

やれ傷を作るな、そういう捨て身の戦い方をするな、飯は食ったか、皆と仲良くやっているか、風呂はちゃんと入っているか、人を睨みつけるような顔をするんじゃないなどと、何かにつけて自分のまわりをうろちょろするあのお節介な男が、心の底から鬱陶しかった。

「兄弟子だかなんだか知らねぇけど、うぜェんだよ」

実弥がいまいましげに舌打ちすると、カナエが実弥の両手をそっと握りしめた。

「そんなにツンツンしないで仲良くしましょう。ね？」

「……っ」

至近距離でにっこりと微笑《ほほえ》まれ、毒気を抜かれた実弥は目の前の女に逆らうのをやめた。そっぽを向いていると、カナエが手際《てぎわ》よく傷の手当てをしていく。

やさしい手つきだった。

少しでも傷口が染《し》みないように、痛まないようにという気遣《きづか》いがひしひしと伝わってくる。

（あったけえな……）

亡き母もこんなふうにあたたかい、やさしい手をしていた。実弥がそんなことをぼんやり考えていると、

「――粂野君は、不死川君が心配なのよ」

消毒の終わった傷口を細い針で縫《ぬ》いながら、カナエがささやくように言った。

「あなたがやさしすぎるから」

「ハァ⁉」

とたんに現実に引き戻される。実弥はカナエの言葉を笑い飛ばした。

「俺のどこがやさしいんだよ？　俺はやさしくなんかねェ。粂野の野郎が糞がつく程お人好しで間抜けなバカなだけだ」

冷めた口調でそう言うと、カナエは小さく肩をすくめてみせた。

何か言いたそうな目で実弥を見たが、結局何も言わなかった。縫合《ほうごう》の終わった傷口にガーゼを当て、丁寧《ていねい》に包帯を巻いていく。

キレイに整頓された診察室は、キツイ消毒液の香りに混じって、かすかに藤の花の匂いがした――。


診察室を出ると、廊下で匡近が隊士の一人と何やら話している。

（コイツ……待っていやがったのか）

あまりのしつこさに眩暈《めまい》がした。どうすれば、この男に自分が鬱陶しがっているとわかってもらえるのかと、実弥は半《なか》ば本気で悩んだ。

匡近としゃべっているのは小柄《こがら》な女隊士だった。整った顔だちと蝶の髪飾りから、カナエの妹の胡蝶しのぶだとわかる。

姉妹で鬼狩りというのは隊内でも珍しい。

目の前で二親《ふたおや》を鬼に殺されたところを岩柱《いわばしら》に救われ、ともに鬼殺隊に入ったというが、実弥にはカナエの気が知れなかった。

カナエにどんな想いがあろうとも、妹を自分と同じ鬼狩りにするなど、実弥には到底、考えられない。

もし、弟の玄弥《げんや》が鬼殺隊に入るなどと言い出したら、実弥は絶対にそれを許さないだろう。

なんとしてでも止める。

たとえ、半殺しにしてでも。

血にまみれた道を行くのは、自分一人でいい。

「——でさ。岩柱様の尺八《しゃくはち》があんまりうるさすぎて、ついに、近くに住んでるおばあさんにほうきで町内を叩《たた》きまわされたんだってさ」

「ぶっ……ぐっ」

匡近の話に、しのぶが思わず吹き出しかけ、慌《あわ》ててしかつめらしい顔を作った。コホン、と咳払《せきばら》いし、

「……悲鳴嶼《ひめじま》さんにそんな趣味があったんですね」

「意外だろう? そうだ! あの人、ああ見えて無類の猫好きでさあ。近所の猫たちが岩柱様の顔を見ると一斉《いっせい》に——」

(なんの話だァ)

さすがに、任務外の時にまで張りつめた会話をしろとは言わないが、あまりにふざけすぎている。

実弥がイライラしていると、

「――お、実弥。手当て、終わったんだな」

こちらに気づいた匡近が片腕を上げた。それを見たしのぶが、

「じゃあ、私は姉さんに話があるので、これで」

そう言い、実弥の脇を軽く会釈《えしやく》して通り過ぎ、診察室へと入っていく。

匡近がからかうような顔で近づいてきた。

「みんなに心配かけるんだから怪我するなよ。わかったか？　あれ？　お前顔が赤いぞ大丈夫か」

「うるせェ」

わざとらしいニヤニヤ笑いを浮かべる匡近の肩に自身のそれをぶつけ、歩き去ろうとする。匡近は腹を立てた様子もなく「オーイ、待てよ～」とあとを追ってきた。

その呑気《のんき》な様子に、さらにいらだつ。

「さっき、しのぶちゃんと岩柱様について話してたんだけどさあ、柱ってやっぱ、すげえよな。強いし、頼りになるし」

実弥のすぐ後ろを歩きながら、匡近が感慨深《かんがいぶか》げな口調で「恰好《かっこう》いいよなあ」と続ける。あいにく、実弥が耳にしたのは尺八と猫好きのくだりだけなので、

（どこがだ）

と内心鼻を鳴らす。

「俺もいつかは柱になりたいな。実弥もそうだろ？」

なあ、なあ、とうるさくまとわりついてくる匡近に無視を決めこんでいると、

「なら、どっちが先に柱になれるか競争な」

勝手に同意したものとして話を進め、

「うーん、そうだなぁ。先に柱になった方に、飯を奢《おご》るってのはどうだ？　蕎麦《そば》とかじゃやる気出ないし、牛鍋とかいいな。ぐずぐずになった豆腐にタレがしみこんで、牛肉と一緒に食べると美味《うま》いんだよなぁ」

うっとりとため息をもらす。

とうとう耐えられなくなった実弥が、「興味ねェ」と吐き捨てた。

匡近がきょとんとした顔になる。その顔にまたイラつく。

（チッ……相変わらず、ふざけた野郎だぜェ）

なぜ、こんな男が命をかけて鬼狩りなどやっているのだろうか。

本当の意味での鬼への憎しみなど、この男の中には、ありはしないだろうに。そう思うと、ますますイライラした。

「なんでだ？　柱になりたくないのか？　柱になったら、すごいモテるぞ。きっと」

「もっと興味ねェ」

「お前、モテたくないのか？　頭、大丈夫か？」

「うるせェ」

あまりの鬱陶しさに足を止め、振り返る。この男のすべてが癇《かん》に障《さわ》って仕方がない。

「大体、なんなんだァ、テメェは。さっきから」

ねめつけると、匡近の方でも足を止めた。なぜか、哀れみに満ちた目で実弥を見ると、

「いいか？　実弥。希望を捨てたり、自棄《やけ》になっちゃダメだぞ？　たとえ、今はモテなかったとしても、いつかきっと、お前のいいところをわかってくれる素敵な女性が現れるさ。簡単に諦めるなよ。な？」

「アァ？」

「頑張れ」

したり顔で肩にポンと手を置かれ、怒りのあまり憤死《ふんし》するかと思った。

両肩に置かれた匡近の手を実弥が邪険に払いのける。

「こんな生業《なりわい》で、何、浮ついた話してんだァ」

「いいや。人生を楽しむのは、大事なことだぞ」

匡近が頭《かぶり》を振る。

「そりゃあ、隊士はいつだって死ととなり合わせだ。でも、恋人がいる隊士も多いし、妻帯者だっていないわけじゃない。音柱《おとばしら》様なんて、美人の嫁さんが三人もいるんだぞ。いいか？　三人だぞ？　さすがに、多くないか？　三人は。俺は一人でいいなぁ。一人でいいから心から愛する人と……」

「――俺は一体でも多くの鬼を殺すだけだ」

実弥が冷え冷えと言う。

「楽しむための人生なんざねェ」

鬼になった母をこの手で殺した瞬間から、人間らしい人生などとうに諦めている。

この身を生かしているのは、鬼への尽《つ》きぬ憎しみ――怨讐《えんしゅう》だ。

それでも、まだ夢があるとしたら、それはたった一人残った弟にほかならない。

玄弥が好きな女と結ばれ、たくさんの子を成《な》し、笑顔で暮らす。

その幸せを守るためならば、自分はなんだってする。

弟の幸福を脅かす鬼を一体でも多く屠《ほふ》り去《さ》る。

たとえ、この身が首だけになろうと、その首で鬼の喉笛《のどぶえ》に食らいついてやる。

それ以外のことは必要ない。

「わかったら、さっさと失《う》せろォ。もう、俺に構うな」

「…………」

匡近は自身の鼻先を見るような恰好《かっこう》で、黙っていたが、

「……そうか」

と言った。

「わかった」

神妙な声だった。

ようやくわかりやがったかと実弥が鼻を鳴らす。

だが、匡近の手が今度は実弥の手首をがしっとつかんだ。

「なんだァ。この手は……」

「おはぎを食いに行くぞ」

「ハァ⁉」

「俺が奢ってやるから、おはぎを好きなだけ食え。山程食え。そしたら、幸せだろ？　なっ？」

「全然、わかってねえじゃねえか‼　テメエ、この野郎ォォ！」

「よし。抹茶《まっちゃ》もつける」

「抹茶もつけるじゃねえよ！　大体、なんでおはぎなんだよ⁉」

「前に、お前がおはぎを食べているところを見かけたんだ。好物なんだろ。珍しく顔が穏《おだ》やかだったから、好きなんだろうなと思った」

「盗み見てんじゃねェ！　キショイんだよ、テメェはァァ‼」

バカ力の兄弟子にひきずられる恰好になりながら、実弥が匡近の背中に罵声《ばせい》を浴びせる。

すると、

「……わかってるさ」

匡近がつぶやいた。

それは、驚く程やさしい声だった。

ひどく繊細で、弱々しくさえあるその声は、この男にあまりにそぐわない代物《しろもの》で、思わず実弥は抵抗をやめた。

匡近の方でも実弥から手を離し、立ち止まった。

「お前の受けた傷はそれ程深いんだな」

それでも、と兄弟子の背中が言った。

『滅』の文字が刻まれた背中がかすかに震える。

「俺はお前に自分の人生を諦めてほしくないんだよ」

「…………」

振り向いた匡近の顔は笑っていた。

笑っているのに、なぜか目の前の男が泣いているような気がした。


「新しい指令だぞ、実弥。なんと、共同任務だ」

「俺ら二人でかァ？　珍しいなァ」

「まあ、階級が上がると後輩の世話もあるし、なかなか一緒には戦えないからなあ」

隊士たちの修練用に隊で借り上げている道場で、久しぶりに顔を合わせた匡近は相変わらず明るく笑っている。

初めて会ってから時は流れ、現在の階級はともに〝甲《きのえ》〟。

実弥は何かとうるさいお節介な兄弟子のことを「粂野」ではなく「匡近」と呼ぶようになっていた。特に意識したわけではなかったが、匡近は初めて下の名前で呼ばれた時、あまりにびっくりしすぎて修練用の木刀を取り落とした。そして、うれしそうに笑った。

道場の真ん中でこうして向かい合い胡坐《あぐら》をかいていると、あの頃に戻ったような気がする。

板張りの床に汗が染みこんだ道場特有の匂いが懐《なつ》かしい。

「かなり厄介《やっかい》な任務みたいだ」

「ハッ。だから、俺ら二人に任されたんだろォ」

実弥が鼻で笑う。

「で？　どんな指令なんだァ？」

「ここからだいぶ離れたところにある町なんだが――」

その町の外れにある空《あ》き家《や》になった屋敷の付近で、人が消えるという。

「消える人間に共通点はあんのかァ？」

自身の顎先《あごさき》に手を当てながら実弥がたずねる。

「いなくなるのは必ず子供だ」

匡近の返答に、実弥の脳裏を幼い弟妹たちの姿がよぎって、すぐに消えた。

見れば、匡近が案ずるような目でこちらを見ている。大丈夫か、とその目がたずねてくる。

この友にだけは母親や弟たちのことを話してある。

実弥はあえて何も言わず、話を進めた。

「男女の区別は？」

「ない」

そこで、匡近が声を硬くした。

「実は、俺たちのところに指令がくるまで、何人かの隊士が同じ任務に当たってる。そのうち、三人を除いて消えた」

「生死も不明かァ」

「ああ」

「で？　消えなかった三人はどうなったんだァ？　死んだのか？」

「いや。その三人は、普通に戻ってきた」

「はァ？」

「彼らは、誰もいなかったと言ってるんだ。鬼どころか、消えた子供たちや隊士の誰一人、その屋敷にはいなかったと」

「なんだそりゃァ」

狐《きつね》につままれたような話に、実弥が色素の薄い髪をガシガシとかきむしる。

「消えた隊士とそいつらの差はァ？　なんか、ねぇのかァ？」

「残念ながら、今のところは何もわかっていない。これで俺たちが失敗したら、柱が動くことになってる」

「そりゃ、相当だなァ」

実弥が揶揄《やゆ》するように言う。文字通り鬼殺隊を背負う柱は、余程《よほど》のことでなければ動かない。

だが、甲の階級にある自分たち二人が行ってダメなら、それも致し方ないだろう。

もっとも、実弥にそのつもりはなかった。

柱の手をわずらわすまでもない。

どんな鬼だろうとこの手で滅《めっ》してやる。

「そんじゃあ、行くとするかァ。匡近」

実弥がやおら立ち上がる。

「久々の、合同鬼退治だぜェ」

うなずいて、匡近も立ち上がる。友は大きく伸びをし、最近、訪れる暇《ひま》のなかった道場の天井を懐かしげに仰《あお》いだ。その目がふっと細められる。

「久々にお前と稽古したかったんだがなあ」

「この任務が終わったら、久しぶりに手合わせすりゃあいいだろ」

「通算二百七戦、うち、百五十九勝四十二敗六引き分けで、俺の圧勝だったな」

「反対だァ。バァカ」

ちゃっかり勝ち負けを逆に申告する匡近を軽くいなし、件《くだん》の屋敷がある町へと向かう。

道すがら、匡近がぶうぶう文句を言った。

「最近、お前、本当に可愛《かわい》くないぞ。背もいつの間にか抜かれちゃったし」

「この分じゃ、先に柱になるのは俺だなァ」

「クソ〜、絶対、先に柱になってお前に牛鍋を奢らせてやる！　そんで、モテモテになってやる！　見てろよ」

「ホラ、早く行くぞ。グズグズすんじゃねェ」

「カブト虫相撲《ずもう》だったら、まだ俺のが勝ち越しだからなあ！　兄弟子の威厳《いげん》にかけても負けねえぞ」

「うるせェ。早く来い、アホ兄弟子ィ」

任務へ向かう道中だとわかってはいても、しばらくぶりで会えた友との時間は存外に楽しく、実弥は珍しく穏やかな笑みを浮かべていた。

✵

事前に聞いていた情報通り、屋敷のある町は二人のいた道場からかなり離れていた。しかも、件《くだん》の屋敷は町の外れにある。

屋敷に着く頃には、すでに陽がだいぶ傾いていた。元々すっきりとしない空模様だったが、雲に覆《おお》われた空は薄暗く、今にも雨が降ってきそうだ。

吹きつける風に尖《とが》るような冷たさがある。

「ここかァ」

「すごい屋敷だなあ」

横で匡近が感心したように言う。

確かに立派な屋敷だった。そして古い。周囲をうっそうと生い茂る木々に囲まれている
せいか、なんとも静謐《せいひつ》な印象を受ける反面、多分に陰気臭《いんきくさ》い。

「薄気味悪《うすきみわり》ぃ家だぜェ……」

長い前髪の下で実弥が眉根を寄せる。

庭一面に咲いた曼珠沙華《まんじゆしやげ》の花すらも、美しいというよりはどこかおぞましく感じられた。

「行くぞォ」

「ああ」

互いに声を掛け合い、ともに屋敷の中へと足を踏み入れる。


――と。


「⁉」

今までに嗅いだことのないような匂いが、実弥の鼻孔《びこう》を覆った。

強烈な香りだった。お香のようなのだが、耐え難い程甘く、生き物の死骸《しがい》が放つ腐臭《ふしゆう》にも似ている。それでいて、なんとも言えず芳《かぐわ》しい。

あまりの匂いに眩暈すら覚える。

「なんだァ、この甘ったるい匂いはァ……」

頭を乱暴に左右へ振って、まとわりつく香りを払う。

「なあ、匡――」

鼻の頭にしわを寄せた実弥が、己《おのれ》の右どなりを見やる。

だが、そこに友の姿はなかった。

「匡近ァ？」

ぐるりと周囲を見まわすが、だだっ広い土間にも、玄関の先に続く薄暗い廊下にも、その姿はなかった。

念のため、外も確認する。屋敷の外に出た形跡はなかった。第一、あの匡近が自分になんの声もかけずに出ていくはずがない。

忽然《こつぜん》と姿を消した友に実弥が訝《いぶか》しげな顔でつぶやく。


「……どういうことだァ？」

「どういうことだ？」

となりを歩いていた実弥が消えた。

煙のように。

匡近は両目をしばたたかせたあと、甘ったるい匂いの充満する屋敷を探しまわった。

「おおーい、どこ行ったんだ？　実弥ー」

人の暮らしていない屋内はしんとして冷たかった。何よりがらんとしている。

とはいえ、調度品の類がまるでないわけではない。置き忘れられたように点在している。

屋敷の中程にある部屋で見かけた鏡台と、空《から》っぽの紫檀《したん》の飾り棚もその一つだ。どちらも良い品なのだろうが、広い座敷の端と端に打ち捨てられたように置かれたそれらは、妙に寒々しかった。

「実弥ー？　どこだー？」

友の名を呼びながら屋敷内をくまなく探す。台所や納戸はおろか、厠《かわや》や風呂場まで探したが見当たらない。

消えた子供たちや隊士らの姿もない。無論、鬼も――。

「誰もいない、い、い……」

『彼らは、誰もいなかったと言っているんだ。鬼どころか、消えた子供たちや隊士の誰一人、その屋敷にはいなかったと』

図らずも自分が任務前に口にした言葉を思い出し、匡近は顔をしかめた。

「どこに行っちまったんだ、実弥ー!?　いるならいる、いないならいないって言ってくれー!!」

友に聞かれたら『バァカ、何言ってやがんだァ』と呆れられそうなことを大真面目に叫ぶも、当然の如《ごと》く返事はない。

薄暗い廊下に呆然《ぼうぜん》と立ち尽くす。そんな匡近の鼻孔を甘く腐ったような、それでいて耐え難い程に芳しい香りが覆った。

(さっきから匂ってるこれ、良い匂いなのか嫌《いや》な臭いなのかわからないな。それに、きつすぎて頭がぼんやりする)

大体、この香りはどこからただよってくるのか。

屋敷のどこにも香炉《こうろ》の類はなかったはずだ。

匡近は隊服の袖口《そでぐち》で鼻を覆い隠すと、屋敷に着いた時のことを順に思い出した。

（実弥が『行くぞ』って言って、俺が『ああ』って言ったんだ。それで、並んで格子戸《こうしど》から入った……そしたら、この強烈な香りがして――）


気づいたら、実弥が消えていた。


どう頭をひねってみても、それ以上のことは思い出せない。それどころか、次第に記憶があいまいになっていく。

終《しま》いには、本当に実弥とここへ来たのかすら疑い始め、匡近は自分で自分の頰《ほお》を叩いた。

「しっかりしろ、匡近！　冷静になれ！」

声に出してそう活を入れると、ひとまず玄関から屋敷の外へ出た。

冷たい外気に触れ風に吹かれていると、驚く程頭がすっきりした。鮮明になった両眼で、あらためて屋敷を見やる。

二階や離れはない。

地下に隠し部屋の一つでもないかと縁の下をのぞこうとすると、背後から声をかけられた。

「これ、小僧。そんなところで、何をしとる」

慌てて振り返ると門の外に老人が立っていた。頭髪こそ雪のように真っ白だが、杖《つえ》にも頼らず矍鑠《かくしやく》としている。への字に結んだ口といい、岩のような顔といい、見るからに頑固《がんこ》そうだった。

「他人の家に勝手に入るな」

「すみません」

素直《すなお》に頭を下げた匡近を見ると、老人は元々細い両目を糸のように細めた。

「警官か」

匡近の真っ黒な隊服を見て、老人が勝手に勘違《かんちが》いする。

「それにしちゃあ、ずいぶんと若いな」

「いえ、若く見られるだけですよ。童顔なんです。ホラ。ね？」

匡近は老人の勘違いにこれ幸《さいわ》いと乗っかった。ここで、いえ警官ではありません私は鬼殺隊です、と言ったところで話がこんがらがるだけだ。鬼殺隊は公《おおやけ》のものではなく、人々の間で広く知られているわけでもない。あくまで私的な組織だ。

老人は屈託なく笑う匡近を胡散臭《うさんくさ》げに見ると、

「警官がなんの用だ」

とたずねてきた。匡近が適当な話をでっちあげる。

「えっと、居住者の件でちょっと調べなければならないことがあって……」

「何を調べることがある。そこは空き家だ。今はもう誰も住んどらん」

「今はもう？」

老人の言葉に引っかかるものを感じた匡近が、老人のもとへと駆け寄る。

「前に誰が住んでたのか知っているんですか？　よかったら俺に教えてくれませんか？」

あるいは、鬼の手掛かりになるかもしれない。

興奮した匡近が口早にたずねると、老人は「ああ？」と耳の後ろに手をやった。匡近が老人に顔を寄せ、大声で再びたずねる。

「前には誰が住んでいたの!?　お爺《じい》ちゃん!?」

「やかましい！　大体、儂《わし》はまだお爺ちゃんと呼ばれるような年じゃあない!!　お前がいきなり早口でしゃべるから聞き取れなかっただけだ！」

第一印象通り、なかなかどうして一筋縄《ひとすじなわ》ではいかない爺様だと、匡近が内心苦笑する。

だが、そこは持ち前の人の良さでなだめすかし、ようやく立腹を解いた老人は、重い口を開いた。

「——儂が子供の頃には、弥栄《やえ》さんという綺麗《きれい》なお嬢さんが、数人の使用人と暮らしとった」

早くに二親を亡くした彼女は、さびしさからか若くして結婚した。

だが、役者のような容姿の夫は最初こそ物静かで穏やかな男を演じていたが、一人娘の紗江《さえ》が生まれると、とたんに本性を現した。

「ひどい暴力男でなぁ……」

母子はいつも傷だらけだったという。

おまけに、弥栄が屋敷とともに両親から譲り受けた掛け軸や骨董品《こっとうひん》を売り払っては、賭《か》け事《ごと》に酒に湯水のごとく金を使った。弥栄がとがめようものなら、それこそ失神するまで殴られたという。使用人は皆、男を恐れて逃げ出してしまった。

匡近は聞いていて猛烈に腹が立ってきた。

「最低な夫ですね」

「ああ」

「俺がその場にいたら、返《かえ》り討《う》ちにしてやるのに」

「昔の話に怒ってどうする。黙って聞け」

我が事のように憤慨《ふんがい》する匡近に老人は呆れつつもなぜかうれしげで、そこからは、ぐっと砕けた様子になった。

「大丈夫だ、小僧。天罰はちゃあんと下った」

ある大雨の翌朝、彼が近くの川で溺《おぼ》れ死《じ》んでいるのを町の者が発見した。視界も悪ければ足場も悪かったから、大方、足を踏み外したのだろうということになり、誰一人、男の死を悔《く》やまなかった。

「これで弥栄さん母子《おやこ》もようやく幸せになれると、皆が胸をなでおろしたんだが……」

暴力夫から解放されるや否や、娘の紗江が病《やまい》に倒れてしまった。

町の人々は皆、弥栄を気の毒がり、なんとか力になろうとした。老人は彼女の一人娘と年が近かったこともあり、母に持たされた見舞いの品を手に、何度か屋敷に上がったという。

「それはそれは、かいがいしく世話を焼いておってなぁ……」

やれ、頭を冷やしたり、重湯《おもゆ》を飲ませたり、体を拭《ふ》いてやったり、吐いたものを片付けたりと弥栄は休む暇もなく働いていた。薬湯や消毒薬の匂いを消すためか、病床の娘の心をいやすためか、御屋敷にはいつも芳しい香が焚《た》かれていたそうだ。

だが、そんな献身的な看病にもかかわらず、紗江の体は回復に向かったと思ったとたんに悪化した。

「そのうち、声も出なくなってな――十《とお》にもならぬ内に身まかった」

当時を思い出したのか、老人が辛《つら》そうにため息をつく。

「通夜《つや》の晩、弥栄さんはお紗江ちゃんの部屋の座鏡《ざかがみ》の前で、泣《な》き崩《くず》れとった」

「座鏡？」

「鏡台のことだ。弥栄さんが母親から譲り受けた、それはそれは見事な品で、母親はそのまた母親から譲り受けたそうだ。なんでも特別にあつらえられた魔除《まよ》けの鏡とかで、あれだけは、あのくず男《おとこ》から必死に守っとった。この鏡がきっと自分たちを守ってくれると言ってな。それなのに――」

老人が言葉を詰まらせる。

代々伝わる魔除けの鏡も哀れな母子を助けることは出来なかったのだ。

「その後、弥栄さんはどうなったんですか？」

遠慮がちにたずねる匡近に、老人は雪のように白くなった眉をひそめた。それがなあ、とうめく。

「……お紗江ちゃんの弔《とむら》いが終わって間もなく、庭に埋めた遺体が掘り起こされてな」

大方、野犬にでも喰《く》われたのだろう。その場には少女の着物しか残っていなかったという。

「弥栄さんは悲しみのあまりふらりとどこかへ行ってしまった。あとのことは、誰も知らん」

「その後、この御屋敷に住んだ人はいなかったんですか？」

「ああ。ずっと空き家だ」

そう告げる老人は、早くにこの世を去った少女か、あるいはその母親に淡い憧れを抱いていたのだろう。未《いま》だにこの屋敷を気にかけ、日に一回は訪れては墓守《はかもり》の真似事をしているそうだ。

「何せ、立派な御屋敷だ。空き家なのをいいことに悪さを企む輩《やから》がいないとも限らん」

「確かに、それはいけないですね」

と匡近がしかつめがおでうなずく。老人も、うむ、とうなずき、

「ついさっきも、人相の悪い二人組が騒々しく屋敷の方向へ行くのを見かけてな、気になって来てみたんだが……」

チロリと匡近を見やる。だが、匡近は老人の当てこすりに気づくことなく、驚いて言った。

「そんな奴がいたんですか？　今は、どこに？」

「阿呆《あほ》。お前らのことじゃ」

老人が呆れたように言う。

「まあ、よく見りゃあ、お前の方は間が抜けてるというか、人畜無害な顔をしとるがな。そういや、もう一人の目つきの悪い悪人面《づら》はどこだ？　まだ屋敷にいるのか？」

そう言って胡乱《うろん》げな目で屋敷を見やる老人に、匡近は『実弥だ！』と胸の中で叫んだ。

（絶対、実弥だ。間違いない）

やはり、自分たちは一緒にここへやって来たのだ。

そして、友だけが消えた。

おそらく、鬼の異能《いのう》だ。自分の気に入った人間だけを神隠しのようにさらい、どこかへ連れ去っているのだろう。

だが、なぜ自分ではなく実弥だったのか。

（実弥と消えた子供や隊士との間に、なんらかの共通項があるってことか？）

匡近が己の思考に沈んでいると、老人は「ともかく」と言って話をまとめた。

「ここはそういう屋敷だ。警官だからって、他人の思い出の地を土足で踏みにじっていいわけがない。もう一人の奴を連れて、とっとと帰れ。いいな」

最後にそう釘《くぎ》を刺し、悠然《ゆうぜん》と去っていく。

その背中を見送り、うっそうとした木々に囲まれた屋敷を仰ぎ見る。老人の話を聞いたあとでは、薄気味が悪いというより物悲しく感じられた。

弥栄は娘を失ったあと、どこへ消えたのだろう。

（仮に……）

彼女が鬼ということはないだろうか？

愛する我が子を奪われ絶望の淵《ふち》にいる女に、鬼舞辻無惨《きぶつじむざん》が血を与えた。鬼となった彼女は、死んだ娘を忘れられず子供をさらい続けている。


だが、どこへ？

さらわれた子供や消えた隊士、実弥はどこへ消えたのか――。


その時ふと、匡近の脳裏にひらめくものがあった。

ひたすら暗く長い廊下を進んだ先に、座敷があった。

一際《ひときわ》、件《くだん》の香りが強い室内には、六つの寝台が並んで置かれていた。


「なんなんだ……こりゃァ」


実弥は目の前に広がる異様な光景に、眉をひそめた。

長い黒髪を玉結びにした小柄な女が一人、寝台の間を忙《せわ》しなく行ったり来たりしている。

目に痛い程真っ白な寝具には、それぞれ四人の子供と二人の隊士が寝かされていた。

――が、そのうち子供二人と隊士一人の息はすでになく、眼球に蠅《はえ》がとまり、皮膚《ひふ》のいたるところに蛆《うじ》がわいていた。

まだ息のある子供はどちらもがりがりに瘦《や》せこけ、白濁《はくだく》した目で天井をぼんやりながめている。

一番右端の寝台に寝かされた男性隊士は、血のにじんだ包帯が体中に巻かれていた。傷が痛むのか、男は引き潰れた蛙《かえる》のようなうめき声をあげると、激しく咳きこみ、嘔吐《おうと》した。

「あらあら。また、戻しちゃったのね。可哀想《かわいそう》に」

女はそう言うと、隊士の吐瀉物《としゃぶつ》をやさしい手つきで拭き取り、水差しの水を飲ませてやった。隊士の唇《くちびる》の両端から、飲みきれなかった水がだらだらとよだれのように垂れる。

その後、少年の額に浮かんだ汗をそっと拭き取ってやり、背中を起こして呼吸の楽な姿勢を取らせてやると、少女の脂分《あぶらぶん》の抜けきった髪を丁寧にすき始めた。

「ほら、可愛くしましょうね」

少女の髪を結い上げながら、どこまでも慈《いつく》しみ深く女が笑う。

まるで、彼らの実の母親であるかのように。


ただ、女は人ではなかった。


「大丈夫よ。あなたたちは私がずうっと守ってあげるから」

少女の頭を撫《な》でながら、歌うように言う女の口元には鋭い牙《きば》があり、その両眼は血のように赤い。

「そうだわ。今日《きょう》は新しい子が来たのよ。仲良くしてあげてね」

そう言うと、女はこちらに顔を向けた。何気ない仕草で、顔の左半分にかかった髪を耳へとかき上げる。あらわになった左目に『下壱』の文字が刻まれていた。

実弥が目をむく。

数字の刻まれた瞳《ひとみ》は、鬼舞辻無惨直属の配下の証《あかし》だ。

「テメェ、十二鬼月《じゅうにきづき》かァ……」

実弥が見開いた両目を細める。

ただの雑魚鬼《ざこおに》とは違う。異能の鬼の中でも、最も鬼舞辻無惨の血が濃い十二体の鬼の一体が、今、自分の目の前にいる。憎悪と興奮で、全身がぞくりと粟立《あわだ》った。

日輪刀《にちりんとう》を構えた実弥が、畳《たたみ》を蹴《け》る。

周囲を巻きこまぬよう、女の細い頸《くび》だけを狙う。一点に集中はしたが威力は落としていない。だが、鬼はか細い腕を軽く振っただけで、実弥の攻撃をいなした。

艶《つや》やかな髪にささった朱色の花が揺れる。

まるで、そよ風でも受けたかのように。

「な……っ」

「うふふ、ダメよ。おいたしちゃ」

実弥の驚く顔を見て、下弦《かげん》の壱《いち》は赤い唇の端を軽く持ち上げた。花のように美しい顔に、イタズラばかりする子供をたしなめるような笑みが浮かぶ。

その顔を実弥が睨みつける。

「匡近をどこへやったァ」

「まさちか？　ああ、あの子なら要《い》らないからいいの。あなたを探してるみたいだけど、そのうち、諦めて帰るんじゃないかしら。私が欲しいのはあなただけ」

鬼は笑顔でそう言うと、実弥の両眼を至近距離からじっと見つめ返し、

「可哀想に……」

とささやいた。細く長い指が実弥の頬にすうっと伸びる。

「っ⁉」

実弥は鬼の指が頬に触れる瞬間、背後に飛んで鬼との距離を取った。そして日輪刀を構え直す。

女は行き場の無くなった指先を己の上唇へとはわすと、黒目がちな大きな両目をそっと細めた。

「あなた、親に虐《しいた》げられてきたでしょう？　目を見ればわかるわ。父親？　母親？　それとも、両方かしら」

「！　テメエエエ!!」

母親を貶《おとし》められ、怒りで頭に血が上った実弥が再び刃《やいば》を振るう。

「死にやがれェ!!」

「あらあら、聞き分けのない子ね」

女は軽やかに跳躍《ちょうやく》しただけで実弥の刃をかわすと、

「ダメじゃない。子供が親に刀なんか向けちゃ」

艶然《えんぜん》とわらった。

あの耐え難い甘い香りがさらに強まる。


次の瞬間、座敷に見えていた物が変質した。


「っ……――」

一面、赤黒い肉の壁となった空間に、実弥が両目を見開く。

子供たちや隊士らが寝かされていた真っ白な寝具もまた、熟れすぎた果実のようなぶよぶよとした肉の塊に変わっている。

「なんだァ？　この薄気味悪ぃ場所はァ」

「私のお腹《なか》の中よ」

鬼はぞっとするようなことを平然と言うと、やさしく微笑んだ。

「これであなたも私の子ね」

「ハァ?」

「信じない? これでも?」

鬼がそう言うと、死んだ三人の体がずぶずぶと音を立てて肉塊に沈んでいった。肉の壁全体が大きく脈打つ。

ご馳走様《ちそうさま》、と鬼が赤い舌で己の唇をなめる。

「……テメェ、亡骸《なきがら》をどこへやった」

「もちろん、食べてあげたのよ」

怒りに低くなった声でたずねる実弥に、鬼が微笑みながら答える。

「私の胎内《おなか》に還《かえ》してあげたの。これで、ずうっと一緒にいられるわ」

胸元に両手を重ね、慈しむように告げる女の声はどこまでもやさしく、反吐《へど》が出そうだった。

ここがどこか以前に、この鬼の頸《くび》をぶった斬ってやらなければ気が済まない。

「オイ……その胡散臭《くせ》ぇ母親の真似事、今すぐやめろ」

「真似事？　いやだわ。真似事なわけないじゃない。私は病に奪われた愛する娘の代わりに、親に恵まれない子供たちをここで、いやしてあげているの。私にはね、そういう子たちがすぐにわかるの。どんなに傷つけられてきたか。どんなに悲しい思いをしてきたか。だから、私は可哀想なこの子たちの母親になってあげた」

「ふざけんなァ!!」

実弥が吐き捨てる。

「テメェのどこが母親だァ？　コイツらのどこがいやされてんだ!!」

その怒声《どせい》に隊士がかすかに反応した。けんめいに上半身を持ち上げると、死人のような顔をこちらに向けた。

その顔に見覚えがあった。

「お前……」

「……ぁ、あ……」

最終選別の時に見た顔だ。確か、浦賀《うらが》という名の体格のいい男だった。

浦賀は喉を潰されているのか、ほとんど音にならない声で、不死川、と呼んだ。

「た……助けてく……れ」

枝のように細くなった腕が、こちらに向けて力なく伸ばされる。

それを見た鬼の顔から奇妙に表情が抜け落ちた。

無言で浦賀の下《もと》へ歩み寄ると、利き手を上げた。鬼の爪が浦賀の喉に伸びる――だが、それよりも早く、実弥が同期の男の体を鬼の寝床から助け出した。

大の男とは思えぬ程、その体は軽かった。

鬼から離れた場所に浦賀を横たえようとすると、彼の手が意外な強さで、実弥の隊服を握りしめた。

「…………恋人が、待って…るん……だ…………頼む、っ……死にた、くない………死にたく…………」

この男が以前、二親と――とりわけ母親と折り合いが悪かったこともあって、早く自分の家族を持ちたいと言っていたのを思い出した。

実弥が無言で奥歯をかみしめる。

この状態では、仮に今すぐ治療を受けたとしても、助かるかどうかは五分五分といったところだろう。

「た、す……けて……」

「大丈夫だ、浦賀。しゃべるな」

言葉少なにそう告げ、同僚の手をほどこうとすると、

「――――アンタも、母さんを捨てるのね」

鬼が妙に平坦な声で言った。

鬼の両目はどこまでも冷ややかに浦賀を見据えている。

「アンタもあの子と同じ。本当に恩知らずな子。アンタにかけてあげた時間が、全部、無駄になっちゃったじゃない。いまいましい。ねえ、裏切るぐらいなら、今すぐ私の目の前から消えて。アンタなんて、生きていても仕方ないから。要らないわ。今すぐ死んで」

「アァ？　テメエ、何を言ってやがんだァ」

「あ……あああ…………」

実弥が鬼を睨みつける横で、浦賀が頭を抱《かか》える。

その体が小刻みに震え始めた。

「あああ……………あ……ああ、あ、あ、あ」

「オイ」

その様子がおかしいことに気づいた実弥が浦賀の肩《かた》をつかむ。

「しな……ず……………が、わ…………」

同期の男は一瞬、すがるように実弥を見た。その両目に涙があふれる。だが、浦賀は何かを諦めるように小さく頭を振ると、泣き笑いのような表情を浮かべた。

「ダメ、だわ…………俺…………やっぱり……母さん、を……裏切れ、ない…………」

絞り出すような声でそう言い、隊服の懐から取り出した短刀で一気に自分の喉をかっ切った。

目の前に真っ赤な華《はな》が咲く。

鮮血が実弥の顔に、体に降りかかった。

「!! 浦賀ァ!!」

「っ、ぁ…………」

肉の床に崩れ落ちた浦賀はしばらくの間、苦しげに痙攣《けいれん》していたが、程なく動かなくなった。骸骨のように痩せこけた頬を涙が伝う。

「…………テメェ……コイツに、浦賀に何しやがったァ」

実弥が怒りに震える声でたずねる。

「あらあら、何を怒っているの？　その子はね、私を悪者に仕立て上げようとしたのよ？　私は愛する子供たちとここでずっと幸せに暮らしていたいだけなのに。それを台無しにしようとしたの。私のやさしい気持ちを踏みにじったの。だから、せめてもの贖罪《しょくざい》に死んで当然なのよ」

すっかり元のやさしい表情になった鬼が微笑みながら告げる。

頭の奥で、ブチッと音がした。

「!!　糞がアァァァア!!!」

実弥の怒声が辺りに響きわたる——。

✵

「実弥？」

今、友の声が聞こえたような気がしたが、やはりどこにもその姿はない。

匡近は屋敷内のとある座敷にいた。目の前には老人の話に出てきた座鏡がある。

自分でもどうしてこの鏡が気になったのかわからない。だが、仮に弥栄が鬼だとするなら、彼女のその後の手掛かりになりそうなものはこれぐらいしかない。

美しい刺繍《ししゅう》の施された布で覆われた鏡の前にしゃがみこむ。

年代物ということ以外はいたって普通の鏡台だ。だが、ひきだしの取っ手の部分の材質が日輪刀のそれとよく似ていた。魔除けの鏡というからには、実際に陽光山《ようこうざん》で採《と》れた鉄が使われているのかもしれない。太陽の光を存分に浴びたこれらの鉄には、鬼を――悪《あ》しきものを退ける力が宿っている。

鈍《にぶ》く光る取っ手に指をかけ、手前に引く。

ひきだしの中は空っぽだった。

だが、念のため、利き手を中へ入れてみると、ガサッとしたものが指先に触れた。

「？　なんだこれ？　この上のとこに――紙？　糊《のり》かなんかでくっついてるのか……」

破らないようそっとひきだしからはがすと、それは不恰好《ぶかっこう》に折りたたまれたざらがみだった。特に気負うこともなく中を開けて見る。

しかし、次の瞬間、匡近は言葉もなく、その場に凍《こお》りついた。

そこには、どす黒く変色した血文字がのたうっていた。

お母さんが私にどくをのませた。

お母さんが私ののどをやいた。
お母さんが私の耳をつぶした。
お母さんが私のかみをむしった。
お母さんが私のつめをはいだ。
お母さんが私のほねをおった。
お母さんが私をだきしめてなく。
お母さんが私をいらない子だという。
お母さんがわたしをだいじだという。
おかあさんはわたしをころそうとしてる。
助けてたすけてたすけてたすけてたすけてたすけてたすけてたすけてたすけてたすけて
たすけてたすけてたすけてたすけてたすけてたすけてたすけてたすけてたすけてたすけて
たすけてたすけてたすけてたすけてたすけてたすけてたすけてたすけてたすけてたすけて
たすけてたすけてたすけてたすけてたすけてたすけてたすけてたすけてたすけてたすけて
たすけてたすけてたすけてたすけてたすけてたすけてたすけてたすけてたすけてたすけて
たすけてたすけてたすけてたすけてたすけてたすけてたすけてたすけてたすけてたすけて
たすけてたすけてたすけてたすけてたすけてたすけて――

最後の方はまともな文字にすらなっていない。

思わず片手で口元を覆った拍子《ひょうし》に紙を落としかけ、慌てて両手に握りしめる。手の中でくしゃりと乾いた音がした。

(なんなんだ、これは………お母さんが殺したって、まさか)

信じたくなかった。だが、老人の話を聞く限り、ここは紗江の部屋だ。

(弥栄さんが、紗江ちゃんを……)

そう考えたとたん、一気に世界が反転した。

今までに聞いた健気《けなげ》で哀れな女のすべてが、真っ黒く塗りつぶされていく。

匡近は呆然と鏡台を見つめた。

この鏡はずっと見てきたのだ。我が子をけんめいに看病する慈愛《じあい》に満ちた母親の本当の姿を……。

ならば、夫の死は?　あれは本当にただの事故だったのだろうか。

そもそも、紗江の遺体を掘り起こしたのは――。

「うっ……」

己のおぞましい想像に匡近は吐き気を覚えた。

助けを求める血文字は、ところどころ涙でにじんでいる。

小指の先をかみちぎって書いたのか。苦しみにのたうつような文字から、十にもならない少女の恐怖が絶望が伝わってきた。

匡近の視界がにじむ。

（可哀想に……）

どんなに辛かっただろう。どんなに怖かっただろう。

黒ずんだ血文字の上に、ぽとりと匡近の涙がこぼれ落ちる。

その時――。

「実弥？」

鼻孔を覆っていた香りがふっと弱まり、再び友の声が聞こえた。今度はさっきよりもはっきりと聞こえた。

「実弥なんだな‼　どこにいるんだ⁉」

匡近が弾《はじ》かれたように立ち上がり周囲を見まわす。その際に、日輪刀の先が鏡にかけられた布に当たった。ずるりと絹《きぬ》の布が畳の上に落ちる。

ああ……と匡近が布を拾い上げようとし、正面から鏡と向き合う。

匡近の動きが止まった。

「え……」

鏡の中に、実弥がいた。

座敷の中程に立ち、女の鬼と対峙《たいじ》している——否、そうじゃない。

友はなぜか明後日《あさって》の方向に刀を向けていた。そんな実弥を女の姿をした鬼が離れた場所から愉しげにながめている。さあっと血の気が引いた。

「実弥！　そこじゃない！　鬼は後ろだ!!」

慌てた匡近が鯉口《こいぐち》を切り、振り返る。

「!?」

だが、振り返った座敷には友の姿もなければ、鬼の姿もなかった。

「な、でも今……確かに、ここに」

困惑《こんわく》した匡近が再び鏡に視線を戻す。

鏡の中の座敷では、実弥が宙に向けて技《わざ》を繰り出していた。鬼は相変わらずそれを嘲笑《あざわら》っている。

そこで、匡近は奇妙な違和感に気づいた。

鏡の中には自分の姿が——匡近が映りこんでいない。何より、座敷のすみにあるはずの飾り棚が消えている。

「ここじゃ……ない」

別の部屋の光景を映しているということだろうか。

匡近がもっとよく見ようと身を乗り出す。

すると、鏡の中に映っていた友の姿が消え、代わりにすがるような顔をした自分の姿が映った。青ざめた匡近が鏡の両脇をつかむ。

「！　待ってくれ!!　実弥は、アイツはどこにいるんだ!?」

力いっぱい揺すぶりかけ――その手を止めた。

鏡のすみに飾り棚が見えたのだ。

しかも、上段に妖《あや》しげな香炉が置かれている。

だが、再び振り向いた匡近の目には、ただの空っぽの飾り棚しか見えない。

「な…………」

わけがわからない。

混乱した頭で、もう一度、匡近が鏡を見やる。

鏡を穴が開く程凝視《ぎょうし》すると、香炉からうっすらと赤く色づいた煙が立ち上っていた。室内には相変わらず甘ったるい腐ったような、それでいて芳しい香りがただよっている。

まさか、と思う。

「このお香が……？」

匡近がつぶやくと、鏡の中で赤い煙が揺らいだ。

頭の片隅《かたすみ》で、少女の声なき声が告げた気がした。

たすけて、と。

幼い声を絞り出すようにして。

今は亡き少女がささやいた。

✵

「…………畜生《ちくしょお》ォ……なんで通じねェ」

「おバカさんねえ。さっきも言ったでしょう？　ここはね、私のお腹の中なの。だから、誰も私を傷つけられないのよ」

もう何度目になるかわからない攻撃を軽くいなされいらだつ実弥に、聞き分けのない子供をさとすように鬼が言う。

口惜《くちお》しいが、前半はともかく後半は鬼の言う通りだ。実弥の繰り出す斬撃は、彼女どころか周囲の肉壁すら傷つけられない。

あの後、浦賀の死体も肉の中に飲みこまれてしまった。亡骸さえ恋人のもとへ戻してやることができなかった。それが、実弥を責《せ》め苛《さいな》む。

「いい加減に観念なさいな。あなたはもう私の子供なの。母さんがあなたをずうっと守ってあげる。ずうっとそばにいてあげる。だから、もう無駄なことはやめて。ほら、抱っこしてあげるわ。それとも、子守唄の方がいい？」

「黙れェ」

実弥が低く唸《うな》る。

（クソがァ……完全に遊んでいやがる）

その証拠に鬼の方からは、まるで攻撃してこない。

実弥に徒労のような攻撃をさせ、じわじわと体力を削り、心身ともに憔悴《しょうすい》していく様を見て愉しんでいる。

どうにかして、ここから抜け出さなければ実弥に勝機はない。

だが、どうやって？

結局、そこへ戻ってしまう。堂々巡《どうどうめぐ》りだ。

（せめて、ガキだけでも外へ……）

実弥が視界の端に二人の子供をとらえる。先程から、少年の方の様子がおかしい。熱が高いのか、しきりに体を震わせている。少女の方は今のところ大丈夫そうだが、早く安全な場所に運び、治療を受けさせてやりたい。

それには一刻も早く、鬼を殺してここから出なければならない。

だが、ここの中にいる限り鬼を傷つけることは出来ない。

（クソ!!）

実弥の葛藤《かっとう》を鬼が嘲笑うようにながめている。

しかし、その口元からすっと笑みが消えた。


「――どうして」

「ハア？」

己に向かって言ったのかと思えば、鬼の両目は実弥を見ていなかった。

信じられないというように虚空《こくう》を見つめている。

「なんなの……あの子」

余裕の消えた、初めて見せる表情だった。

うわごとのように鬼がつぶやく。

「見えてないはずなのに」

「アァ？　何言ってやがんだァ、テメェ」

実弥が訝《いぶか》しげに告げた——直後、座敷のどこかで、陶器が割れる硬い音が響いた。

なんの音だ、と眉をひそめた実弥の視界が、一気に変化する。

「！　なっ……」

いつの間にか赤黒い世界はもとの座敷に戻り、目の前にいたはずの鬼の姿が消え、斜め後ろにたたずんでいた。

実弥が振り向きざまに飛びしさり、鬼から離れる。

（どういうことだ？）

よくよく見れば、完全にもとのままではなかった。あの真っ白な寝台はどこにもない。

子供たちは畳の上にじかに寝かされ、実弥の放った斬撃《ざんげき》は、襖《ふすま》や壁、畳や天井にはっきりと残っている。

それでわかった。

（幻術か……）

最初に見たあの真っ白な寝台も、赤黒い肉の壁で囲われたおぞましい世界も、果ては鬼そのものまでもが――。

どうりで、いかなる攻撃も通じなかったわけだ。

気づけば、あの糞甘い腐臭も消えている。

（糞がァ……ふざけやがって）

文字通り幻に踊らされていたのだと知り、腸《はらわた》が煮えくり返る思いがした。

さすがに鬼の胎内《たいない》ではないにしろ、なんらかの異空間に閉じこめられていると思いこんでいたせいで、鬼を殺してそこから出ることばかりに気を取られていた。ゆえに、真実を見抜けなかった。

見事に鬼の術中にはまっていたわけだ。

（だが、どうして、いきなり術が破れたんだ？）

その疑問は、しかし続いて聞こえてきた大声にかき消された。

「実弥ー!!　どこだ!!」

「!!」

久方ぶりに聞いたようなその声に、

「！　匡近ァ!!　ここだァ!!」

実弥が大声で返す。

数秒後、慌ただしく廊下を駆ける音とともに、開け放たれた襖から匡近が飛びこんできた。

「実弥……間に合ったか」

開口一番にそう告げた友は、額に玉のような汗を浮かせ、肩で息をしていた。

「よかった……」

くしゃりと匡近の顔が歪《ゆが》む。

その安堵《あんど》を隠そうともしない笑顔を見た瞬間、この男がなんらかの手段を使って己の窮《きゆう》地《ち》を救ってくれたのだとわかった。

怒りが、いらだちが急速に消えていく。

お互いの姿は見えなくとも、匡近は自分とともに戦ってくれていたのだ。

実弥の口元に自然と笑みがこぼれる。

「――助かったぜぇ、匡近ァ」

そう言うと、

「当たり前だろ。俺はお前の兄弟子だぞ」

友はうれしそうな顔で、にっと笑ってみせた。

✵

鏡で見た位置を頼りに、飾り棚ごと日輪刀で斬りつけると、陶器の割れる音とともにあの芳しい腐臭が消えた。

壊れた飾り棚の木片の下に砕けた香炉を確認した匡近は、廊下に出ると大声で叫んだ。それに実弥が応える。

声の聞こえた方に廊下を駆けると、先程来た時には行き止まりだったはずの――その先に、初めて目にする奥座敷が見えた。

開け放たれた襖から匡近が室内へ飛びこむと、女の鬼と二人の子供、そして友の無事な姿があった。

「実弥……間に合ったか」

新たな傷はない。血も流れていない。

稀血《まれち》に頼らないでいてくれたのだ。こんな時だというのに顔がほころぶ。

「よかった……」

駆け寄ると、実弥も白い歯を見せた。

「どうやったんだ？　どうやって術を解いた？」

「座敷の一つに、この家に代々伝わる魔除けの鏡があったんだ」

そのひきだしの奥に、母親に殺された娘が残した血文字の手紙があったこと。

おそらくは、その子の怨讐が鏡に自分を殺した母親の成《な》れの果てを——真実を映し出したこと。

香炉を壊したことで、あの強い香りが消えたことなどを手短《てみじか》に話す。

頭の回転の速い実弥はすぐに理解したようだった。

「その娘を殺した母親ってぇのが」

「——ああ、あの鬼だ」

匡近があらためて鬼をねめつける。

「そう。あの鏡にそんな力があったの」

鬼は匡近の両目を見返すと、ひんやり笑った。その左目に数字が刻んであった。『下壱』

——下弦の壱。十二鬼月だ。今までに対峙したどんな鬼よりも、鬼舞辻無惨に近い鬼。

だが、匡近の中には不思議なまでに恐れはなかった。気負いもない。ただ、どうしようもない怒りだけがあった。

この女が紗江を殺した。

この女は鬼だ。

人間であった頃からずっと、この女は人の皮をかぶった鬼だった。

「夫に殴られてる私を助けてくれるわけでもない。魔除けの鏡なんて名ばかりの、なんの役にも立たない鏡だと思ってたのに」

「……紗江ちゃんが俺たちを助けてくれたんだ」

呪詛《じゅそ》か。

あるいは、母にこれ以上、罪を重ねてほしくなかったのか――。

絶望のまま死んでいった少女の気持ちをおもんぱかった匡近が、ぎゅっと拳《こぶし》を握りしめる。

鬼がぽつりとつぶやいた。

「また、あの子が私を裏切ったのね」

「!!」

己をあわれむような声に、匡近の怒りが爆発した。

「どうしてそうなるんだ⁉　裏切ったのは、お前じゃないか‼　お前が、自分の娘をじわじわ殺したんだろ⁉　せっかく回復に向かったのに、毒を飲ませて、喉を、耳を潰して！　足を折って‼　どうしてそんな真似が出来たんだ⁉　自分で腹を痛めて産んだ子供だろ⁉」

怒りに声がうわずる。

だが、対する鬼の両目にはなんの感情も浮かんでいない。針の先程の興味もないという様子だ。

匡近の中で怒りが悲しみに変わった。

「………弥栄……俺は、お前を許さない」

人であった時の名を呼ぶと、鬼の女がピクリと反応した。娘の話にはまるで心を動かされなかったくせに、露骨に不愉快そうな声と顔で言った。

「その名前ならとっくの昔に捨てたわ。私の名前は、姑獲鳥《うぶめ》よ。このすばらしい鬼の肉体とともに、あの御方が下さった大事な名前。たった一人、私のことをわかってくれるあのお方がつけてくれた」

姑獲鳥が陶然《とうぜん》と告げる。

「私はね、ただ幸せになりたかっただけなの」

だから、夫の暴力にも耐えた。いつか幸せな家族になれると信じて。なのに、夫は賭場の女に狂い自分たちをすてて行こうとした。だから事故に見せかけて殺した。

どうして、こんなに頑張っている自分が幸せになれないのだろうと空《むな》しさを抱えながら、病にかかった娘を看病していたら、自分でも驚く程の安らぎを覚えた。

このままずっとこうして暮らしたいと、それだけを願いに我が子を看病し続けた、、、、。

「なのに、あの子は逃げ出そうとしたのよ」

姑獲鳥は一転して悲しげな顔になると、はぁ、とため息をついた。

「床をはいずってまで、私を捨てようとしたの。こんなにやさしい、こんなに頑張っている私の気持ちを、あの子は踏みにじったのよ」

「……だから、テメェの子供を殺したって、そう言いてえのか」

今まで黙っていた実弥が奇妙に平らかな声で言う。

「ええ。そうよ」

姑獲鳥がやさしくその両目を細める。実弥を見る目は、匡近を見る時とはまるで違った。愛《いと》しい我が子を見るような目だ。

「でも、殺してからすごく後悔《こうかい》したわ。だって、これでもう私は、暴力夫に尽くす健気な妻でも、病の娘を支えるやさしい母親でもなくなっちゃったんだから。そしたら、あの御方が現れたの」

　血を分け与え、気持ちをわかってくれた。

　お前はきっと強い鬼になると、そう言ってくれた。

　そのためにはあまたの人間を喰らえと。

「私が鬼になってすぐに食べたのは、なんだと思う？　紗江の死体よ」

（……っ）

　匡近の想像した通りだった。おぞましさと少女への哀れみでぐっと両手を握りしめる。

　姑獲鳥はうっとりとした表情を浮かべた。

「その後で、いっぱいいっぱい子供をさらって食べたわ。私のお腹にかえして、私の子にしてあげた。私はこの屋敷で、愛する子供たちと幸せな家族になれたの」

　そこで一度言葉を止めると、鬼は匡近を見やって言った。

「親に愛されなかった子や、傷つけられた子はね、とっても心に入りこみやすいの。実際、死ぬ直前まで、私を愛し、すがって、感謝してくれた子もいたのよ。本当にうれしかった。幸せだった――だから、私の欲しいのは、そっちの真っ直ぐな目をした子じゃなくて、あなたよ。実弥」

　最後のくだりで、姑獲鳥が実弥へと視線を戻す。血色の両目がこの上なくやさしい笑みを作った。

「あなたは傷だらけね。体だけじゃない、心も。親にひどい目に遭わされた子だって、すぐにわかったわ。私はね、可哀想なあなたをいやしてあげたいの。愛してあげたいの」

その瞬間、匡近の頭に血が上った。黙れ、と叫ぶ余裕すらなく、下弦の壱に向け、渾身《こんしん》の力で技を繰り出す。

「風の呼吸　参《さん》ノ型《かた》　晴嵐風樹《せいらんふうじゅ》」

姑獲鳥は匡近の放った斬撃を片腕で払いのけようとしたが、技の勢いが鬼の肉体の強度をはるかに上回った。

姑獲鳥の左腕が肩からもげ、畳の上に転がり落ちる。

赤い目が落ちた己の腕を冷淡に見つめ、それから匡近へと向けられた。匡近はその赤い双眸《そうぼう》をねめつけた。

押し殺した声で告げる。

「実弥は可哀想なんかじゃない……実弥の母ちゃんは、心の底からコイツを、息子《むすこ》たちを愛してたんだ」

声を荒らげなかったのは、怒り以外にもあらゆる感情があふれてきたせいだ。

悔しくて、悔しくてたまらなかった。

この友がどんなふうに生きてきたかも知らないくせに。

本当は誰よりもやさしいこの男が、どんな思いで、自《みずか》らを傷つけながら生きてきたか、知りもしないくせに。

「何にも知らない鬼のお前が……コイツの思い出を穢《けが》すな」

「――――大丈夫だ。匡近」

怒りに震える匡近の肩に、実弥の手が触れた。あたたかいその手のひらに匡近の激情が急速にしぼんでいく。

「実弥……」

「なんで、お前がそんな顔してんだよ」

実弥はそう言ってほろ苦《にが》く笑った。

「お前は育ちが良すぎなんだよ。俺は親父含めこういう馬鹿みてぇな持論を当たり前みたいに演説する奴らの話を、耳にタコができるほど聞いてきてんだ。真面《まおもて》に受け取るんじゃねえよ」

なだめるような実弥の口調はひどくやさしかった。

「俺は自分が可哀想だと思ったことはねえ」

「…………」

匡近は無言でうなずいた。

友のやさしい声音《こわね》が、表情が、なおのこと切なかった。

奥歯をぐっとかみしめる。

「――というわけだ」

実弥が日輪刀の先を、隻腕《せきわん》となった鬼へと向ける。

「俺が操《あやつ》れなくて、残念だったなァ。慈母気取りの糞鬼女が」

「どうりで、思い通りにいかないわけね。ホント、残念だわ。私たち、とても素敵な母子《おやこ》になれると思ったのに」

姑獲鳥が悪びれず笑う。

ぬかせ、と実弥が吐き捨てる。

「終わりだ。今ならテメェを普通に攻撃出来る」

「ええ、攻撃は出来るわ」

姑獲鳥はそう言うと、これ見よがしに畳の上の腕を拾い上げた。傷口に軽く押し当てる。

瞬《また》く間に傷口の肉がもり上がり、ちぎれた腕が結合した。

ぞっとする程の再生速度だった。匡近がこれまでに対峙したどの鬼よりも速い。

「でも、だから何？　私は何度でも再生出来るのよ？　鬼だから。あなたたち、人間はどうかしら？」

「なら、再生が追いつかなくまるまで、テメェを斬り刻んでやるだけだァ」

冷ややかに笑った実弥が、技を繰り出す。


壱《いち》ノ型、弐《に》ノ型、参ノ型、肆《し》ノ型、伍《ご》ノ型――。


連続で技を出し続ける。

姑獲鳥が時にそれを流し、時にそれを受ける。

匡近が助力せんと刀を構えると、

「匡近ァ！」

「!?」

実弥の視線が動き、匡近に何かを指し示した。

視線の先を追うと、姑獲鳥にさらわれていた子供たちがいた。畳の上に力なく倒れている。

友の意を察した匡近が、二人を両脇に抱え上げた。素早く座敷のすみへ移動し、壁に子供たちの背を預けさせる。

ここなら、戦闘に巻きこまれることもない。

何かあれば、守ってもやれる。

少年は十二歳程、少女の方は十いくかいかないかといった年の頃だろうか。衰弱した姿が痛々しい。

「必ず、助けてやるからな。頑張るんだぞ」

「……………お……………お、兄ちゃ……ん…………」

呼びかけると、少年の方が落ちくぼんだ目でこちらを見た。

思わず、匡近がびくりと身を強張《こわば》らせる。

「助……けて…………くれる、の？」

「──ああ」

短く答えると、

「あり…がとう……」

少年の目尻から涙がこぼれ落ちた。

異常に痩せこけ、土気色《つちけいろ》に変色した頬が痛ましかった。となりに座りこんだ少女は心が死んでしまったのか、ぼんやりと宙を見つめたまま、みじろぎ一つしない。

ギリッと奥歯が音を立てる。

(畜生、こんな子供を……)

匡近は自分の胸の中に狂暴なまでの怒りがこみ上げてくるのを感じた。

「……二人とも、ここにいるんだ。動くなよ」

子供たちに向けてそう言うと、匡近は日輪刀の柄を握りしめた。

✵

匡近が激怒している。

実弥は絶え間なく技を繰り出しながら、となりで戦う友を見やった。

普段の匡近は底抜けに明るく単純極《きわ》まりないようでいて、頭が切れ、冷静な男だ。激情のままに動く男ではない。

その友がここまであからさまに怒りをあらわにするのを、実弥は初めて見た。

おそらく、この鬼の言動が匡近の逆鱗《げきりん》に触れたのだろう。

とはいえ、

(怒りに任せて、周りが見えなくなってる……って、ふうでもねぇなァ)

初めて見る姿ゆえ実弥が密《ひそ》かに懸念《けねん》した、怒りに任せて体力を無駄に削るようなことはなく、むしろ、匡近の太刀筋《たちすじ》は普段以上に鋭く、冷静だった。

実弥のわずかな動作で瞬時に出す技を読み、互いが斬り合わぬよう細心の注意を配ってくれる。

匡近のそれこそ流れるような動きを前に、

(腐っても兄弟子ってことかよ)

実弥がそっと唇の端をゆるめる。

「実弥！　頸《くび》だ！　お前は頸だけを狙え!!」

「ああ。さっさとくたばりやがれェ!!　糞がァ！」

「まったく……しつこい子たちねえ」

息の合った猛攻を前に、姑獲鳥の顔に初めていらだちが浮かぶ。次の瞬間、鬼の女は実弥の間合いに入りこんできた。

「っ――」

鬼の利き足が実弥の顎に伸びる。

とっさに後ろに飛んで身をかわしたが、わずかに喉仏《のどぼとけ》に蹴りの風圧を受け、思わず顔をしかめた直後、続く一撃が鳩尾《みぞおち》をかすめた。

一瞬、呼吸が停止し、体が後ろに飛んだ。畳の上に背中から落ちる。直後、大きく咳きこんだ。

「実弥!!」

叫びざま、匡近が姑獲鳥へと斬りかかる。

「風の呼吸　参ノ型　晴嵐風樹《せいらんふうじゅ》」

繰り出される刃を姑獲鳥は避《よ》けなかった。あえて受けた上で、匡近のこめかみに蹴りを放つ。すんでのところで避けたものの、こめかみの皮膚が裂け血が滴《したた》った。

「っ……」

脳震盪《のうしんとう》を起こした匡近の体が揺らぐ。無防備になった腹部を鬼の手刀《しゅとう》が貫《つらぬ》こうとするも、匡近はギリギリのところでそれを避けた。鬼の手刀が匡近の脇腹をかすめ、肉を抉《えぐ》る。

「!!　ぐぁ!!」

匡近の顔が激痛に歪む。

姑獲鳥が手についた匡近の血を美味《うま》そうになめる。

「私はね、子供をたくさん食べてるの。その中には稀血の子もいたわ。異能に頼らなくても、十分強いのよ」

「う……っ……」

匡近は畳に膝《ひざ》をついたまま、動けずにいる。呼吸を使って、出血を止めているのだ。姑獲鳥の手がその首筋に伸びる。

「匡近ァァ!!」

実弥が友の名を叫び、姑獲鳥に斬りかかる。

「風の呼吸　肆――――」

技を放とうとした瞬間、先程受けた首の傷口が開いた。鮮血が噴《ふ》き出《だ》し、再び激しく咳きこんだ。喉の内部が損傷しているのだろう。咳きこんだ拍子に、多量の血を吐いた。畳が赤く染まる。

それに姑獲鳥が動きを止める。

ぞくりとその痩身《そうしん》を震わせ、

「何?　これ……」

とつぶやいた。

何かを探すようにさまよった視線が、口と首から血を流す実弥で止まる。

鬼の両目が驚愕《きょうがく》に見開かれた。

「稀、血？　稀血なのね？　あなた」

姑獲鳥の真っ白な頬が紅潮《こうちょう》していく。

やがてその両目がとろんと、夢見心地になる。

「……それも、うんと珍しい…………百人分？　いいえ、この血には、もっともっと、価値があるわ」

姑獲鳥は熱に浮かされたようにそう言うと、別人のようにのろのろとした足取りで、実弥に歩み寄ってきた。

もはや、とどめを刺そうとしていた匡近のことなど目にも入っていない。

赤く染まった頬に、慈愛に満ちた微笑みが浮かんでいる。

「ああ……実弥。あなたは、やっぱり私のものよ。可愛い子。愛してるわ。大好きよ。実弥。もう、絶対にあなたを傷つけたりしない。だから、私と一緒にずっと――」

そこまで告げた瞬間、鬼の体に異変が起こった。

両手で頭を抱え、その場にうずくまらんばかりに体を震わせている。

「何………ど…うし、て………体、が」

（ハッ、特製の稀血にイカレやがったな）

口元の血を手の甲《こう》でぬぐいながら、実弥が安堵の息を吐く。

今までの経験によれば、稀血はその鬼が強ければ強い程効き目が強い。

下弦の壱相手であれば、その効果は相当なはずだ。

「何で……こん……な…………ここまで強い血なんて……」

両手で頭を抱えこんだ姑獲鳥が荒い息遣いを繰り返す。この機を逃《のが》してはならない。実弥が傷の痛みをこらえ、放ちそこなった技をあらためて鬼へと繰り出す。

あまたの風の斬撃が砂塵《さじん》のように鬼の体へと襲いかかる。

「く………」

姑獲鳥は極度のめいていい状態ながらも、どうにかそれらを避けた。

そこへ、すでに脇腹の血止めを終えた匡近が太刀を構える。

「これで、終わりだ。地獄で紗江ちゃんや、今まで殺した子たちにわびろ!!」

実弥の目に、空に美しい弧を描く友の刃が映る。

「風の呼吸　参ノ型　晴嵐風——」

この間合いなら、匡近の腕なら、間違いなく鬼の頸《くび》を斬り落とせる。

実弥が勝利を確信した、刹那《せつな》――。

「やめてぇ!!」

血を吐くような悲鳴が響いた。

見れば、少女が姑獲鳥のもとへ駆け寄り、震える両手を広げ、匡近の前に立ちふさがっていた。涙をためた少女の両目が匡近をとらえる。

「……お母さんを……苛《いじ》めないで」

「な……っ……⁉　ぐっ！」

匡近が間一髪で、技の軌道を眼前の少女からそらす。

風の斬撃は紙一重《かみひとえ》で少女を避けた。しかし、体勢を崩した匡近の呼吸がわずかに乱れる。

その瞬間、鬼は少女もろとも匡近を殺す攻撃を放った。少女の命を最優先にして守り、無防備となった匡近の腹部は鬼の片腕に貫かれた。

匡近の体が震え、大きく鮮血を吐く。

「――あの子ごと斬ればよかったのに」

「っ…………ぁ……」

「バカな子」

匡近の利き手から日輪刀が落ち、自身もその場に倒れこんだ。

冷たくそれを見やる姑獲鳥の頸《くび》を、実弥の刃が音もなく刎《は》ねた。

鈍い音を立てて、女の頭が畳の上に転がる。

実弥の潰れた喉の奥底から獣のような咆哮《ほうこう》がもれる。

やり場のない怒りとどうしようもない空しさが、その体を埋め尽くす。

頸と胴を切り離された鬼は、相変わらず作り物じみた笑みを残して、ちりと消えた。

✵

二人の子供はその後、やって来た隠の手により、無事、保護されて行った。

実弥はその場で手当てを受けたが、匡近の方はどうにか意識は取り戻したものの、手の施しようがなく、搬送《はんそう》途中で死ぬよりは……と座敷に寝かせられた。

友の傍《かたわ》らに実弥が腰を下ろす。

隠の一人が、おびえつつ声をかけてきた。

「不死川様。不死川様の出血も、かなりの量でして……」

「大したことねェよ。放っとけ」

「いいえ、そんなことはできません。肋骨《ろっこつ》も折れていますし、喉の損傷の方もこちらでは……直《ただ》ちに蝶屋敷で治療を受けることをお勧《すす》めします。でないと、最悪の場合、お二人とも」

「うるせェ」

隠を睨みつけ、その先の言葉を言わせないでいると、

「本当に大丈夫なんですね？　断言できます？」

と別の隠が言った。眠そうな目をした若い男の隠だった。実弥が無言でうなずく。

「そういうことだ。撤収《てっしゅう》すんぞ」

「でも、後藤《ごとう》――」

なおも言いつのろうとする同僚に、

「命をかけて鬼と戦ってくれてんのは、この人たちだろうが。気持ちぐらい、くんでやれや」

存外にきつい口調でそう言うと、同僚を急《せ》かして座敷を出ていった。

血の臭いを消すための香が焚かれた座敷に、実弥と匡近の二人だけが残される。

「……実…弥…………」


わずかに意識の戻った友が、かすれた声を上げた。

顔が紙のように白い。

「あの子は……あの子たちは」

「二人とも無事だァ」

実弥はそう答えながら、上半身だけ抱え起こしてやった。匡近の体はひどく冷たかった。

その冷たさが、友の体からどんどん命の灯《ともしび》が失われていく証のようで、実弥は叫び出したいような思いに駆られた。それを、無理矢理抑えこむ。

「隠の奴らがちゃんと蝶屋敷に連れて行った」

匡近は心底ホッとしたように笑った。

「よか…った………実弥、は……？」

「無事に決まってんだろォ」

こんな時まで子供たちや弟弟子の心配をする匡近に、実弥は奥歯をきしむぐらいかみしめた。喉の奥がやけつくように熱かった。

少年の方は助けられたことを喜んで泣いていたが、少女の方は茫然自失《ぼうぜんじしつ》で、隠に声をかけられても応えがなかった。

恋人を残してきているから、死にたくないと泣いてすがりついてきた直後、やっぱり母を裏切れないと自《みずか》ら首を切った浦賀と同じだ。

最後の最後で姑獲鳥を——母親を捨てきれなかった同期の男と同様に、少女もまた仮初《かりそめ》の母であっても愛したい、愛されたいと願ったのだろう。

その今後を思うと、暗澹《あんたん》たる思いがしたが、

「あの子なら……大丈夫だ」

実弥の心を読んだように、匡近がかすれた声でささやいた。

「恐怖を……与えられ続けたせい、で鬼の、支配か……ら、逃れられなかった、だけだ……時間がかかるだ、ろう……でも、きっと、元に戻、る」

あまりにこの男らしい言葉に、目頭がじんわりと熱くなる。

「こんな時まで、他人の心配ばっかしてんじゃねえよ。このバカ兄弟子がァ」

こみ上げる涙をこらえるために震える声でそう続けると、匡近が眩《まぶ》しそうに目を細めた。

「な……あ、実弥……」

「あ？」

「俺が……いなくなっても」

匡近の声は、ほとんど息を吐き出しているだけだった。

「ちゃん、と飯、食えよ……ちゃんと寝て、ちゃんと皆と仲良く……するんだぞ……」

「…………」

「ちゃんと、お前の……人生を……生きろ、よ」

「……ああ」

実弥が短く答える。これ以上、しゃべったらきっと涙がこぼれてしまう。死なないでくれと、みっともなく泣き叫んでしまう。

そんな実弥の顔を見上げ、匡近が笑う。

この世で一番、やさしい笑顔だと思った。

最初は鬱陶しかったこの笑顔が今は大好きだった。何度もこの笑顔に救われ、生かされてきた。

匡近がいたから、ギリギリのところで踏みとどまれた。

人として生きることができた。

(こんないい奴が、やさしい奴が…………どうして死ななきゃなんねぇんだよ)

鬼をかばった少女を巻き添えにするのを拒《こば》んだから？

そんな不条理があってたまるか。

神様がいるなら、どうかコイツを助けてくれ、そう叫んで天を仰ぎたかった。

この男は自分よりずっとやさしい男だ。

ずっとずっと、強い男だ。

これから先、たくさんの人を助けて、皆を幸せに出来る男なんだ。

「あとは……任せたぞ………実弥…死ぬなよ…」

「……匡近」


「……幸せ…に――」


匡近の目がゆっくりとその光を失う。

「匡近ァァァ………――」

実弥は友の亡骸を抱きしめ、声を殺して泣き続けた。

鬼殺隊隊士・粂野匡近は、幼くして鬼に殺された弟と同じ墓に眠っている。


友の墓前に、実弥が花とおはぎを供《そな》える。

かすかに湿気を含んだ風が、真っ白な供花《きょうか》を揺らす。線香の煙が細長く宙にたなびいた。

「結局、俺はお前のこと……ほとんど知らなかったんだなァ」

弟がいたことも。

その弟が、目の前で鬼に殺されていたことも。

弟の件で、一度として自分を責めなかった両親の代わりに、自分で自分を責め続けたことも。

泣いて止める母親を振り切り、すべてを捨てる覚悟で鬼殺隊に入ったことも。

何も知らずに、明るく穏やかな彼の表層だけを見て、安穏《あんのん》と生きてきたお人好しで能天気な男だと思っていた。

匡近の中にも鬼への深い憎悪が、消えぬ怒りがあったのだ。

だが、匡近は堅固なやさしさでそれを覆い隠し、誰にも——実弥にさえ、気づかせなかった。

姑獲鳥との戦いの際、匡近が激しく怒ったのは、傷つけられた子供たちが死んだ弟に重なり、感情を抑えきれなくなったのだろう。

お館様《やかたさま》にわたされた匡近の遺書には、実弥の知らない友の姿があった。

「……お前には、俺が弟に見えてたんだなァ」

どうりで、ことあるごとに兄弟子を強調し、兄貴風を吹かせてきたわけだ。

実弥からすれば、大して年が違うわけでもなく、むしろ手のかかる弟のように思うことさえあったのだが……。

実弥の口元にやわらかい笑みが浮かぶ。

「お前はホント、お節介でうるせェ兄貴だったよ」

からかうような口調で言うと、墓前の百日草《ひゃくにちそう》が笑うように揺れた。

『実弥、牛鍋食いに行くぞ』

『実弥、おはぎ買ってきたぞ。抹茶いれてくれ』

『クソ〜、また負けた……ホント、お前、最近生意気だぞ！　少しは、兄弟子を立てろ!!』

『あーあー。そんな怖い顔してっと、モテねえぞ？』

『実弥ー。カブト虫、捕まえてきてやったぞ。西瓜《すいか》切ってくれ。俺の分も』


『ちゃんと、お前の……人生を……生きろよ』


匡近は実弥に自分の人生を諦めるな、と言った。

だが、匡近の人生はどうだったのだろう。

幸せなものだったのだろうか。

実弥はしばらく黙って、亡き友との想い出に浸《ひた》っていたが、

「——なあ、匡近」

とつぶやいた。

「うちのバカが、よりにもよって鬼殺隊に入りやがったんだァ」

実弥の声に怒りといらだちが混じり、百日草の花が気づかわしげに揺れる。

実弥は目を細めた。

玄弥は実弥にとって初めての弟だ。

兄になったその日、小さな小さな手を恐る恐る握ると、まるで小猿《こざる》のような顔をした赤ん坊が、まだ開かぬ目で笑った気がした。

胸の奥があたたかい気持ちでいっぱいになった。

この小さな弟を、どんな時も守ってやろうと思った。

それから他の弟や妹が生まれて、玄弥はいつか実弥を支えてくれるようになった。二人で母を支え、弟たちを守ろう、と誓《ちか》い合《あ》った。

それでも、やっぱり玄弥は実弥にとって小さな弟だった。

鬼になった母親を殺した日、たった一人生き残ってくれた弟は、泣きながら実弥を『人殺し』と呼んだ。

バカな弟は、それを未だに悔いている。

そんなものはなんでもない。

玄弥が放つどんな言葉も実弥を傷つけられない。

玄弥が生きていてくれることが、幸せでいてくれることが、実弥にとって唯一の幸福であり、願いであり、生きる意味であるからだ。

「俺ァ、どんなに恨《うら》まれようとアイツを認めねェ。絶対に、鬼狩りなんざ続けさせねェ」

そこで言葉を止め、うつむいた実弥が、ぼそりとたずねる。

「匡近ァ…………俺は間違ってねぇよなァ」

答えはない。


ただ、風だけが吹いている。


亡き人が生きていたら、なんと言ってくれただろうか。

自分を弟のように思い、光り輝く明日《あす》を願ってくれた、あの男なら——。

（きっと、お前なら『バカ野郎』って言うんだろうなァ）

誰よりもお人好しで、やさしいお前なら。

弟の気持ちにもなってやれ、俺らで導《みちび》いて、育ててやればいい、と。

大らかに笑ってそう言うのだろう。

「でも、俺にはこうするほか、ねぇんだよォ……」

匡近は、やさしいから死んだ。

誰よりもやさしかったから。そのやさしさが、友の命を奪った。

玄弥もやさしい奴だから、自分以外の人間を——仲間をかばおうとする奴だから。

そのやさしさが弟の命を奪うくらいなら、自分はどれほど恨まれ、憎まれても構わない。

（俺は胡蝶とは違う）

弟を受け入れ、ともに戦うことは出来ない。


どんなことをしてもアイツを守りたいから。

拒絶する以外に、アイツを守る術《すべ》を知らないから。


実弥はしばらくそこで黙ってしゃがみこんでいたが、やがて立ち上がった。

風が、実弥の髪を、供花《きようか》をやさしく揺らす。

「——またな」

穏やかな声でそう言うと、背中に『殺』の文字を背負った風《かぜ》の柱《はしら》は、友の墓に背を向けた。

ゆっくりと去っていく。

亡き友を思う言葉を持つ花が揺れる。

ただ、風だけが吹いていた――。

殺

第2話

鋼鐵《はがね》塚《づか》蛍《ほたる》のお見合い

鋼鐵塚蛍《はがねづかほたる》は腕の良い刀鍛冶《かたなかじ》である。

鋼鐵塚家に代々伝わる研磨《けんま》技術もさることながら、誰よりも刀を愛している。

だが、人間としてはかなり問題のある人物であった。

わずか二歳にしてその性格の面倒くささから親をノイローゼに追いこんで以来、刀鍛冶を担当する隊士の少年を『殺してやるー!!』『万死《ばんし》に値《あたい》するゥ!!』などと言いながら包丁で追いまわしたり、同業者の少年の首を絞め上げたり、柱《はしら》の少年をぶんなぐったりと、その傍若無人《ぼうじゃくぶじん》ぶりは周知の事実である……。

✵

「蛍にも困ったもんや」

座敷の上座にちょこんと座った鉄地河原鉄珍《てっちかわはらてっちん》は、みたらし団子をつまみながら、はぁ〜とため息をついた。

因《ちな》みに、このみたらし団子は、竈門炭治郎《かまどたんじろう》隊士から鋼鐵塚への贈り物である。不眠不休の研磨《けんま》を台無しにされたことで激怒した鋼鐵塚が『お前は今後、死ぬまで俺にみたらし団子を持ってくるんだ』と自《みずか》ら要求したそうだ。

それを真面目《まじめ》に実行する炭治郎は健気《けなげ》である。

そして、齢《よわい》十五の子供にたかる三十七歳男……。

名付け親でもあり育ての親でもある鉄珍は、しょんぼり肩を落とした。

「ワシ、育て方間違えたかのう」

「いえいえ。四十近い男に、今更《いまさら》、育て方も何もないでしょう」

茶をいれながら鉄穴森《かなもり》がおっとりと言う。

「ねえ、小鉄《こてつ》少年」

と話題を振られ、小鉄はみたらし団子から顔を上げた。

「ええ。人づきあいが下手《へた》なのも、短気で偏屈《へんくつ》なのも、全部、鋼鐵塚さん自身の問題ですから、気にすることないですよ」

「そうは言っても、責任感じちゃうのよ〜」

と鉄珍が子供のように小さな肩をすくめる。

「もう少し、丸くなってくれたらええんやけど、なんか、策ない？」

「ないですね」

にべもなく小鉄が答える。

「あの人をどうにかするより、熊にお手を教える方がよっぽど楽ですよ。きっと」

一方、年長《とした》け人生経験も豊富な鉄穴森は、「……そうですねぇ」としきりに首を傾《かし》げた。

そして、

「お見合いなんてどうでしょう？」

と、のんびり言った。

✵

鉄穴森発案の『ここらへんで身を固めさせ、鋼鐵塚さんを少しでも真人間《まにんげん》にしよう作戦！』は、鉄珍の熱心なあと押しもあり、思いの外《ほか》とんとん拍子《びょうし》にことが進んだ。

当初、うるさいことを言い出すのでは……と懸念《けねん》された鋼鐵塚当人も、奇妙にグネグネうねうねしてはいたもののまんざらでもない様子で承諾《しょうだく》し、鋼鐵塚蛍のお見合いは最も近い吉日に決行されることとなった。

そして、今日がその吉日である。

発案者の鉄穴森と小鉄の二人は、お見合いの場となる料亭の庭に潜《ひそ》んでいた。無論、お見合いを盗み見るためである。

里に部外者を招き入れることは出来ない。ゆえに、里から程よく離れた町の、庭園が美しいことで知られる老舗《しにせ》料亭が選ばれたのである。店を選んだのは鉄穴森なので、こっそり忍びこむのもわけなかった。

二十畳以上はあるだろう広い座敷の中央に、男女が向かい合って座っている。言わずと知れた鋼鐵塚蛍と、そのお見合い相手である。両者の間に小柄《こがら》な鉄珍が、置物のようにちょこなんと座っている。

晴れ着に身を包んだ若い女性は、意外なことにたいそう可愛《かわい》らしかった。すらりと痩せていて、華《はな》やかな牡丹《ぼたん》の柄がよく似合っている。

『かなり可愛い人ですね。腹立つ』

『いやあ、長《おさ》の好みが十二分に出ていますね。顔なんて、甘露寺《かんろじ》さんにそっくりじゃないですか』

お見合い相手は鉄珍が吟味に吟味を重ねたと言う。常に泰然自若《たいぜんじじゃく》とし、時に驚くほどの威圧感を見せる長だが、女性がからむととたんに俗物になるようだ。

『あんな可愛い人が、よくあんなのとお見合いする気になりましたね』

『鋼鐵塚さんは顔だけ見れば男前ですから。そこは、お見合い写真でどうとでもなるんでしょうね』

『所詮《しょせん》、顔ってことか』

『いいえ、小鉄少年。大事なのは愛ですよ。愛』

一目惚れで妻と結ばれた鉄穴森は、里でも一、二を争う愛妻家である。今にも愛する妻への想いを熱く語り出しそうであった。

その間《かん》にも、座敷では滞りなくお見合いが進んでいく。

「あのぅ、鋼鐵塚さんのご趣味は？」

「……刀を打つことです」

庭に設《しつら》えられた鹿威《ししおど》しがカポーンと良い音を立てる。

「蛍さんと仰《おつしや》るんですね。素敵なお名前ですわ」

「…………どうも」

「そうやろう？　ワシが名付け親やで。なのに、この子は可愛すぎる言うて文句ばっかりなんや」

「うふふ。きっと、照れ隠しですわ」

再び、鹿威しが鳴る。

「私、お料理が趣味なんです。お好きなお料理とか教えていただけませんか？」

「……みたらし団子が」

またしても、鹿威しが高い音を立てる。

「休みの日とかは何されているんですか？」

「……みたらし団子を食べてます」

「まあ、よっぽどみたらし団子がお好きなんですね」

「…………毎日、食べたい」

「可愛い方ですのね。鋼鐵塚さんって」


とどめのように、鹿威《ししおど》しがカポーンと鳴った。


『あれ？　そんなに悪い感じでもないですよね？　てか、鹿威しうるせぇな！』

『確かに、思ってたよりは全然マシですね』

『そうですよね？　結構、いい雰囲気ですよね。しかし、全然しゃべんねぇな。アイツ。しかも、声、小《ち》っちゃ!!』

『緊張してるんですかね？　なんか、妙にもじもじしてるし……大の男が気持ち悪いですね』

『刀一筋《かたなひとすじ》で生きてきた人ですからね。意外に純情なんですよ。少なくとも、今のところは鋼鐵塚さんの奇行も出てないですし、女性の方も好意的です。これはもしかしたら、もしかするかもしれませんよ』
鉄穴森が我《わ》がことのように興奮する。
「ほな、あとは若い者同士、庭で散歩でもしてきたらどうや？」
長がお決まりの言葉でその場を一旦《いったん》、締めくくり、お見合いの場は庭へと移った。

✵

火男《ひょっとこ》のお面をつけた筋骨隆々《きんこつりゅうりゅう》の男と、妙齢の美しい娘が並んで庭をそぞろ歩く。なんとも表現しがたい光景であった。

「鋼鐵塚さんって、無口な方なんですね」

「…………はあ」

「私、口数の少ない殿方《とのがた》って素敵だと思います。思慮深くて、やさしい感じがして」

「…………そうですか」

「今度、みたらし団子作ってきますわね」

「ぜひ」

相変わらず鋼鐵塚はほとんどしゃべらず、異常に声が小さい。話の内容もほぼみたらし団子だ。だが、二人の間にただよう雰囲気は、決して悪くなかった。

『これは奇跡ですよ。小鉄少年』

二人に見つからぬよう、さらに小声になった鉄穴森が、涙をぬぐう真似《まね》をする。

『鋼鐵塚さんにもとうとう春が来るんですねぇ』

『あ、女の人の方から手をつなごうとしてきたよ!? ああ、鋼鐵塚さんが蛸《たこ》みたいにうねうねしてる！』

『ああ、照れてるんですよ。あれは』

『アレで照れてるの!? 気持ち悪っ!』

『確かに相当気持ち悪いですが、今は、この奇跡が最後まで続くことを祈りましょう』

鉄穴森が年長者然と、やさしく小鉄をたしなめる。

そんな二人が隠れている大樹のそばに、鋼鐵塚と見合い相手の女性が近づいてくる。小鉄と鉄穴森はこれ以上ない程身を縮め、息を殺した。

二人の足が止まる。

女があらたまった声音で、

「――鋼鐵塚さん」

と呼びかけた。

「一つ、お願いがあります」

何かを決意したような、真剣な口調だった。

「……………は、はい」

鋼鐵塚の肩が緊張のあまり飛び上がる。

いよいよか、と木陰《こかげ》で見ている二人も固唾《かたず》を飲んだ。

「鋼鐵塚さんが刀鍛冶というお仕事をとても大切にされているのは、今までのお話でひしひしと伝わってきました」

「そ、そうですか」

鋼鐵塚の声がにわかに明るくなる。だが、女は「ですが――」と続けた。

「今の時代に刀は古いと思います」

そう言い、愛らしく微笑《ほほえ》む。

「刀なんて誰も使いません。ですから、これからは、もっと包丁とか工具とかとかそういった物をお作りになられては、いかがでしょうか？　私、愛する旦那《だんな》様には刀なんて野蛮《やばん》なものを作ってほしくないんです」

悪びれずに告げる女に、鋼鐵塚がその場に凍《こお》りつく。

聞き耳を立てていた小鉄と鉄穴森も、その場に硬直した。そして、さあ……と青ざめる。

『まずい‼　まずいですよ‼　それを言っちゃあ、ダメでしょうが！』

誰よりも刀を愛する男・鋼鐵塚蛍にその言葉は禁句中の禁句である。

最悪、殺人にまで発展しかねない。

そうなれば、刀鍛冶の里は終わりだ。

『小鉄少年、有事の際には相手の女性の方を連れて、逃げてください。私は鋼鐵塚さんの脇《わき》を全力でくすぐって血路を開きますので』

『わかりました。鉄穴森さん、くれぐれも死なないでね』

小鉄と鉄穴森の間に緊張が走る。

だが、いつまで経っても鋼鐵塚は叫び出さなかった。

黙ってたたずんでいる鋼鐵塚に、女が「あのぉ……鋼鐵塚さん？」と呼びかける。

すると、

「……その刀で」

鋼鐵塚がボソリとつぶやいた。

「アンタが言う野蛮な刀で、赤の他人のために命を削《けず》って戦ってる奴がいる」

「……え？」

「ボロボロになっても前を向き、どんな局面でも折れずに戦う。そいつの命を守る刀を打てることを、刀鍛冶であることを俺は誇りに思っている」

「………」

「すまないが、この話はなかったことにしていただきたい」


女が言葉を失う。

冷たい風が二人の間を分かった。


鋼鐵塚は激昂《げっこう》しなかった。

彼の愛する刀を蔑《さげす》んだ女を、激情のままに怒鳴《どな》りつけることすらしなかった。

ただ、静かに拒絶《きょぜつ》した。


そこには、刀鍛冶の誇りと、某隊士との絆が確かに存在した。

――こうして、鋼鐵塚蛍のお見合いは静かに幕を下ろした。

✵

「まあ、こればっかりは縁やからな。次は頑張るとええわ」

長はあくまで前向きである。

「ええっと、次はどんな子ぉにしようかにょぉ～」

いそいそとお見合い写真の束から次のお見合い相手を選んでいる。

「……いいんだ……俺には刀がある……」

片や、お見合いから数日が経っているというのに、畳《たたみ》の上で大人《おとな》げなくふて寝をする鋼鐵塚に、

「デカイ図体《ずうたい》して、ゴロゴロしないでくださいよ。鬱陶《うっとう》しい」

小鉄は普段の口調で毒づきつつも、机の上に山盛りのみたらし団子の皿をそっと置いた。

「ホラ、また炭治郎さんが送ってくれましたよ。みたらし団子。これでも食べて、機嫌《きげん》直しなよ」

「そうですよ、鋼鐵塚さん。やさしい隊士さんの担当になれて、よかったじゃないですか。刀鍛冶冥利《みょうり》に尽《つ》きるでしょうに」

「フン。当然の落とし前だ……アイツは、俺の研磨《けんま》を無駄にしたんだ」

「ホラ、いい加減に拗《す》ねないで。お茶もいれてあげますから」

そう言って鉄穴森が鋼鐵塚のゆのみに茶を注ぐ。

そして、「わ、茶柱ですよ！　鋼鐵塚さん。これは幸先《さいさき》がいいですねぇ」と喜んだ。なるほど、立派な茶柱が立っている。

「きっと、次のお見合いは上手《うま》くいきますよ」

だが、喜ぶかと思った鋼鐵塚はなぜか猛然と怒り出した。

「茶柱は誰にも知られず、飲み干さないといけないんだ！　どうしてくれる！　台無しじゃないか!!」

「ええ!?」

「俺の次のお見合いが上手くいかなかったら、このせいだからな!!　責任取れぇぇ！」

言いがかりもいいところである。これにはさすがの鉄穴森も呆《あき》れ果てた様子で、

「……どうして、こんな糞《くそ》みたいな性格に育てたんですか？」

と里長《さとおさ》を責めた。

「そやかて、自分、四十近い男に育て方も何もないて言うてたやないか」

「そりゃ、確かに言いましたけどね。これはないですよ。ひどすぎます。はっきり言って、クズです」

「ワシ知らんもんね〜」

鉄珍が育ての親の責任を放り出す。つーんと火男《ひょっとこ》の面がそっぽを向く。

小鉄はやれやれとお面の下でため息をついた。

（でも……まあ、鋼鐵塚さんだって、まるっきり変わってないってわけでもないしね）

刀を侮辱した美女にきっぱりと言ってやったところは、痛快だったたし、恰好良《かっこうよ》かった。

刀鍛冶としての矜持《きょうじ》にあふれた言葉は、同じ生業《なりわい》の人間として、隠れ里に暮らす人間として、素直《すなお》にうれしかった。

自身の刀を信じ、命を預けてくれる少年との出会いが、この偏屈極《へんくつきわ》まりない男をここまで変えたのだ。

——だからこそ、

（……神様。鋼鐵塚さんがどうしようもないこのくずな性根《しょうね》を入れ替えたら、刀を愛する心をわかってくれるような、やさしいお嫁さんを授《さず》けてあげてください）

小鉄は胸の中で、未《いま》だ遠いであろう鋼鐵塚蛍の春の訪れを、少しばかり祈った——。

第3話

花と獣《ケダモノ》

「い、の、す、け……いのす、け」

「おっしゃあ！　言えたじゃねえか!!　でかした！」

禰豆子《ねずこ》にようやく自分の名前を覚えさせることに成功した伊之助《いのすけ》は、「ヤッフー！」と喜びの声を上げ、宙高《そらたか》く、とんぼをきった。

昨日《きのう》の昼間、負傷により蝶屋敷《ちようやしき》を訪れた伊之助は、禰豆子がしゃべれるようになったと聞き、大いに張りきった。自分の名前を呼ばせるためである。

その結果、『親分』の方はどうしても『おやぷん』になってしまうが、『伊之助』の方はどうにか言えるようになった。

短気な彼にしては驚く程の忍耐強さを見せていただけあり、喜びもひとしおである。うれしすぎて、文字通り地に足がついていない。

伊之助は何度も宙返りしては、しゃべり始めたばかりの我が子にするように、自分の名前を言わせた。

「いのすけ？」

「おう‼」

「いのすけ！」

「そうだ！　もっと、呼べ！　何せ、お前の親分の名前だからな‼」

　蝶屋敷の庭に伊之助の得意げな声が響きわたる。

「上手《うま》く言えたからツヤツヤのどんぐりやる」

　褒美《ほうび》だと言ってわたすと、禰豆子はうれしそうにどんぐりを太陽にかざしてみせた。その口元にはまだ牙《きば》があり、瞳《ひとみ》も赤い。まだ鬼の娘のままだ。それでも、妹が太陽の光を浴びられるようになったことを、炭治郎《たんじろう》はひどく喜んでいた。

　炭治郎の笑顔を思い出し、陽の光を浴びてたたずむ禰豆子の姿を見ていると、伊之助の心もなぜかほわほわしてくる。炭治郎たちといる時によく感じる例のほわほわだ。いつもは腑《ふ》抜《ぬ》けになると意地になって振り払うそれすら、今は許せる気がした。

（まあな。子分の喜びは親分の喜びだからな）

　フフンと満足げに鼻を鳴らし、この調子で子分を増やしていくのだと伊之助が目論《もくろ》んでいると、

「きゃあああっ‼」

庭のすみの物干し場で、何かが倒れる大きな音と少女の悲鳴がした。

蝶屋敷で看護師として働く三人の少女のうちの一人、寺内《てらうち》きよの声だ。

「どうした⁉　敵襲か！」

二本の刀を構《かま》え伊之助が駆けつける。

禰豆子も伊之助のあとを走ってついてきた。

先程の大きな音はどうやら、物干し竿《ざお》が倒れた時の音のようで、地面の上に洗い立てのシーツや寝間着が転がり、泥にまみれていた。その前にきよが座りこみ、両手で顔を覆《おお》って泣いている。そんなきよを神崎《かんざき》アオイと栗花落《つゆり》カナヲがオロオロとなぐさめていた。

伊之助は怒りで両腕が粟立《あわだ》つのを感じた。

「誰にやられたんだ⁉　鬼か！」

「鴉《からす》よ」

殺気立ってたずねる伊之助にアオイが答える。

伊之助は猪頭《いのししあたま》の下で眉《まゆ》をひそめた。

「鎹鴉《カスガイガラス》がやったのか？」

「まさか。鎹鴉がそんなことするはずないでしょう？　普通の鴉よ」

「ソイツに顔を喰《く》われたんだな！」

「怖いこと言わないでよ!!」

早合点《はやがてん》する伊之助にアオイが目をむく。

「昨日まで雨続きだったでしょう？　洗濯物がたまってて――」

今朝《けさ》はきよと二人で、早くから大量の寝具や寝間着を洗っていたのだという。ようやく洗い終えたそれらを干していると、突如《とつじょ》、鴉がきよの髪飾りをむしり取っていった。

その際、きよがバランスを崩《くず》して転んだことで、物干し竿が倒れたそうだ。

「かみかじゃり？　なんだそれ。どんな食いモンだ」

「かみかじゃりじゃなくて、髪飾りよ。ホラ、これのこと」

アオイが自分の髪についた蝶を指す。

「髪飾り？」

そう言われてみれば、きよの髪についていた小さな蝶の飾りが一つ、なくなっているような気がした。だが、よくよく見なければわからない程わずかな違いだ。

なんだそんなことか、と内心拍子抜《ひょうしぬ》けする。

「怪我は、ねえのか？」

「ええ……転んだ時に膝《ひざ》をちょっとすりむいたくらいで。ね？　きよちゃん」

アオイの問いかけに、少女はしくしくと泣いたまま、こくりと小さくうなずいただけだった。

カナヲが不器用にきよの背中を撫《な》でている。

禰豆子がカナヲの真似《まね》をして、きよの頭をよしよしと撫でた。

「だ、だいじょうぶ。だいじょうぶ」

ぎこちないなぐさめの言葉を口にする禰豆子に、きよが泣きながら何度もうなずく。

伊之助はだんだん、バカバカしくなってきた。

(そもそも。なんで、泣いてんだ？　コイツは)

食べ物を取られたわけでもなく、怪我も大したことないのなら、何を泣く必要があるのだろうか。

「髪飾りごときで泣くな。ただの物じゃねえか」

「っ……！」

伊之助が呆《あき》れたように言うと、きよの肩がびくっと震えた。

両目を吊り上げたアオイがキッと伊之助を睨《にら》む。――しかし、

「……違う!!」


先に口を開いたのは、アオイではなくカナヲだった。

普段は驚くほど無口でにこにこ笑っているだけの少女が、真っ白な頰《ほお》を紅潮《こうちょう》させてこちらを睨んでいる。

「きよちゃんにとってあの髪飾りは、ただの物なんかじゃない！　姉さんとの――カナエ姉さんとの大切な思い出なの………家族の証《あかし》なの」

最後は震えた声でそう告げると、踵《きびす》を返し、駆け出して行ってしまった。

伊之助が呆然《ぼうぜん》とその背中を見送る。

「……カナヲさ、ん」

きよが泣きながらカナヲの名をつぶやく。

アオイは「大丈夫よ」ときよをなだめながら、少女の小さな体を助け起こした。その際、伊之助と目が合った。

来るか、と身構える。

だが、アオイは一瞬、とがめるようなさびしげな目をしただけで、何も言わなかった。

✵

「──ってなことがあったんだがよ」


刀鍛治《かたなかじ》の里で負《お》った怪我で静養している炭治郎の布団の上に、どーんと胡坐《あぐら》をかき、伊之助はさっきのことを訴《うった》えていた。

今日あった嫌《いや》なことを母親に言いつけることで安心する幼子《おさなご》さながらのその光景に、となりの寝台で寝ていたトサカ頭の少年が呆れた様子で、

「俺は今から寝るから、あんまうるさくさせんなよ。炭治郎」

そう言い、頭から布団をかぶって眠ってしまった。

いきり立った伊之助が、

「なんだと！　このヘンテコ頭が!!　勝負しやがれ！」

とケンカ腰になるのを、炭治郎が普段のようになだめすかし、

「それで、どうなったんだ？　伊之助」

ほう
ほう

と話を戻す。

伊之助はケッと舌打ちすると、布団の上に胡坐をかき直した。

「あのいつもガミガミ言う小うるさいチビじゃなくて、あの無口な奴《やつ》が、いきなり怒りやがったんだ」

生真面目《きまじめ》なアオイは何かにつけて伊之助に説教するため、伊之助の方でも耐性がついている。怒られたところで、またかと思うだけだ。

しかし、普段は滅多《めった》に口を利くことのないカナヲに叱《しか》られるとは、思ってもみなかった。しかも、あんな些細《ささい》なことで。考えれば考える程理不尽《りふじん》な気がして、伊之助の鼻息が荒くなる。

「ただの物じゃねえ、なんとかって奴の想い出なんだとか言って、飛び出していっちまいやがった」

「……そうか。カナヲが」

「物は物だろ？　怪我も大したことなかったんだし、あのチビ助だって、なんであそこまで泣くんだよ？　理解不能だぜ」

伊之助の愚痴《ぐち》を、炭治郎はほとんど口を挟《はさ》むことなく聞いていた。

『それは、伊之助の方が間違っているんじゃないか？』

『そういう言い方をしちゃダメだろう?』

などといった言葉でやわらかくたしなめることもない代わりに、伊之助の言い分にうなずくこともない。

ただ黙ってこちらを見ている。少しだけ悲しげな、やさしい目だった。

(な、なんだよ……惣一郎《そういちろう》の奴。黙ってんじゃねーよ)

その目に伊之助が調子を乱される。

アオイが伊之助に対して怒鳴《どな》ることをせず、黙ってじっと見つめてきた時にも感じた居心地の悪さを感じた伊之助が、布団の上でもぞもぞしていると、

「——なあ、伊之助」

と炭治郎が伊之助の名を呼んだ。

静かな声だった。

「伊之助は、もしその猪頭を誰かに盗まれたらどうする?」

「そんなもん、取り返すに決まってんだろ!」

「じゃあ、いつも身につけてる褌《ふんどし》はどうだ?」

「盗んだ奴をぶん殴《なぐ》る‼」

伊之助は架空《かくう》の話に激昂《げっこう》すると、握りしめた拳《こぶし》をグワッと威嚇《いかく》するように掲げてみせた。

「だろう？」

やさしく笑った炭治郎が、

「これはあくまで俺の考えだから、もしかすると違うかもしれないけど」

と前置きをした上で、

「その猪頭は伊之助を育ててくれた猪のものだし、褌は伊之助のお父さんかお母さんが『嘴平《はしびら》伊之助』って名前をしるしてくれた、大切なものだからなんじゃないかな？」

そう告げる。

褌のくだりで伊之助はフンと鼻を鳴らした。

「俺には親なんていねぇ」

「伊之助……」

「俺を育ててくれたのは猪だ」

そっけなく淡々《たんたん》と言いながら、一方で、じゃあ、なんで俺はこの褌を大事にしているんだ、と思う。

（ただの物なら、なくなったって平気じゃねぇか）

自問する伊之助を、炭治郎は静かに見つめている。その穏やかな顔を見ている内に、ふと昔のことを思い出した。

幼い頃、褌に書いてある文字が不思議で、〝おかきの爺《じじい》〟に読んでもらったことがあった。

そこで初めて、自分が『嘴平伊之助』という名前なのだとわかった。

『これがお前の名前じゃろう。おっ父とおっ母がつけてくれたんじゃ。大切にせいな』

爺は、確かそう言っていた。

（そうだ。名前が書いてあるから大事なんじゃねえか。うっかり、総治郎《そうじろう》の野郎に騙《だま》されるところだったぜ）

大事なのは褌自体ではなく、名前の方だ。

「俺は字が書けねえからな」

自分の名前がわからなくなったら困るからだと言うと、炭治郎はそれ以上うるさいことは言わず、

「わかった。じゃあ、褌のことは今は脇《わき》に置いておこう」

とうなずいた。

「でも、猪頭は伊之助にとって大事な形見だろう？」

「ああ」

「きよちゃんにとってのあの髪飾りは、伊之助にとっての猪頭と同じなんだと思うよ」

「育ててくれた奴の形見ってことか？」

伊之助が小首を傾《かし》げる。

そういえばカナヲが、誰かとの大切な想い出云々《うんぬん》言っていた気がする。あれは、何と言っていたか。

「カネエ……？　カネイ……カナイ……いや、カナエだ！」

伊之助が手を叩《たた》く。

「カナエって誰だ？」

伊之助が再び小首を傾げると、炭治郎が両の眉尻をやさしく下げた。

「たぶん、しのぶさんのお姉さんだと思う。前にしのぶさんやきよちゃんたちに聞いたことがあるから」

「しのぶの……？」

伊之助の脳裏に、先日、任務で負った怪我を診《み》てもらった時のしのぶの姿が浮かんだ。

『傷は縫《ぬ》ってますからね。触らないこと。勝手に糸を引き抜いたらダメですよ』

そう言うと、しのぶは伊之助の小指に自分の小指をからませた。

『指切りげんまん、約束です』

たったそれだけのことなのに、どうしても糸を引き抜けなかった。

「しのぶさんだけじゃなくて、カナヲやアオイさんや、きよちゃん、すみちゃん、なほちゃん——みんなのお姉さんだったんじゃないかな。血はつながってなくても」

「そのカナエって奴はどうなったんだ？」

「亡くなったんだよ。鬼殺隊《きさつたい》の柱《はしら》だったって聞いた」

「……そうか」

伊之助は短く答えた。

生き物は皆、死ぬ。

死んだら土に還《かえ》るだけだ。

そう思って生きてきたはずなのに、なぜかしのぶの笑顔が浮かんだ。指切りげんまんとした時のやさしい笑顔だった。

「ここで暮らしている全員、蝶の髪飾りをつけているだろう？　きっと、そのカナエさんもつけていたんじゃないかな」

蝶屋敷の少女たちにとって、あの髪飾りは今は亡き大切な人と自分たちとをつなぐ、大切な形見なのではないかという炭治郎の言葉を、伊之助は黙って聞いていた。そして、ポツリと言った。

「だから、アイツ。あんなに怒ったのか」

「……カナヲがそんなことを言えるようになったんだな」

よかった、と炭治郎が両目を細める。

「ただの物じゃなかったんだな」

伊之助が独《ひと》り言《ごと》のようにつぶやく。

炭治郎はうれしそうに「──ああ」とうなずいた。

伊之助はしばらくむっつりとうつむいていたが、唐突《とうとつ》に炭治郎の布団から飛び降りた。

そのまま、無言で病室を出ていこうとすると、

「カナヲも、きっと、きよちゃんの髪飾りを探しに行ったんだと思うよ」

炭治郎がそう言ってきた。


何も聞かず、当たり前のように『も』と──。

まるで、伊之助のこの先の行動を知っているとでも言うかのように……。

「俺も探しに行くよ」

そう言って炭治郎が寝台から降りようとする。

「俺は腹が減ったから何か食いもんがねえか探しに行くだけだ。髪飾りなんざ、探しに行かねえよ」

伊之助はわざと憎まれ口を叩くと、炭治郎に向けビシッと人差し指を突きつけ、

「あと、お前は動くんじゃねえ。絶対ついてくんなよ！　また昏睡《こんすい》すんぞ。いいな」

きつく釘《くぎ》を刺してから、病室を出ていった。


――直後、寝ていたはずの男がむくりと起き上がり、

「アイツ、すさまじく素直《すなお》じゃねえな」

と呆れたように言い、炭治郎が、

「ああ。玄弥《げんや》に似ているな」

と笑ったことで、

「誰があんなクソ猪と！　殺すぞ」

と憤慨《ふんがい》するのだが、無論、伊之助が知るよしもなく、彼はすでに廊下を走り出していた

……。

◆

「おりゃああ！」

不必要に高く跳《と》んで縁側から庭に両足で着地すると、かなり大きな音がした。洗い直したであろう洗濯物を入れたかごを抱《かか》えたアオイが、ぎょっとしたように足を止め、恐る恐るこちらを振り向く。

「オイ」

と声をかけると、アオイの横できよがびくりと身を縮めた。こそこそとアオイの後ろに隠れる。

そんな少女の反応に、アオイが少しだけ緊張した顔つきになる。

「何かご用ですか？」

気の強い少女は体ごとこちらを向くと、やや硬い口調でたずねてきた。

構わず、ずかずか近づいていく。アオイが自身と伊之助との間に洗濯かごを持ち上げた。

後ろで、きよがアオイの服をぎゅっとつかんでいる。

「どこに行ったか覚えてるか？」

「どこ？」

「さっき、チビ助の髪飾りを盗んでいった鴉のことだ。どこ行った」

「あ……」

伊之助がイライラと言うと、アオイは驚いたような顔で、洗濯かごを抱えた腕をゆるゆると下ろした。

「あっちの方に――あの大きな山の方に飛んでいったわ」

「あっちだな」

アオイが指さした方向を確認し、伊之助はすぐに駆け出そうとした。だが、ふと思いとどまる。

隊服のズボンのポケットから取り出したどんぐりを、きよの前に差し出すと、少女がかすかにたじろいだ。

「やる」

ぶっきら棒に言う。

「え？」

「一番大きなどんぐりだ。すげえ、ツヤツヤしてて、宝石みたいだろ。だから、お前にやる」

「は、はい」

きよがおずおずと両手を差し出してきたので、その小さな手のひらにキラキラと光るどんぐりをのせてやる。きよが小さく「……キレイ」とつぶやいた。目の周りが赤く腫《は》れて痛々しい。一羽だけになってしまった髪飾りの蝶が、風にひらひらと揺れている。

「さっきは、悪かったな」

伊之助はそれだけ言うと、

「え……あ――」

オロオロするきよを尻目《しりめ》に、鴉が飛んでいった方向へ駆け出した。

背後でアオイが弾《はじ》かれたように、

「伊之助さん！」

と叫んだ。

それに足を止める。

肩越しに振り返ると、アオイが真剣な顔でこちらを見ていた。

「一瞬だったから自信がないけど、尻尾に白い羽根が混じってたと思う」

「わかった。礼を言うぜ」

高らかにそう言うと、アオイの表情がふっとゆるんだ。

「気をつけて」

「おう！」

伊之助はもう立ち止まることなく、徐々に傾き始めた太陽の下、ほのかに色づき始めた山へと向かった――。


――どうしよう。どこにも見つからない。

カナヲは途方に暮れた思いで、きよの髪飾りをくわえて飛んで行った鴉を探しながら、山の中を歩きまわっていた。

とっさに眼で追った鴉は尾の一部が白かった。それ以外は、ごく普通の鴉であったように思う。あとを追ってけんめいに駆けずりまわっていたら、それらしき鴉がこの山の中腹に降りていくのが見えたが、今となってはそれすら自信がない。

木々の上にある巣の中を探してみたり、草むらを探してみたりしたけれど、髪飾りどころかあの尾白の鴉さえ見つからない。

次第に太陽が傾き、山の中は薄暗くなっていく。徐々に悪くなっていく視界にカナヲは焦《じ》れた。

彼女自身は夜目《よめ》はかなり利く方だ。陽が落ちてもしばらくは普通に見える。だが、いつまでも帰らなければ、皆にいらぬ心配をかけてしまう。

かといって、このまま帰ってしまえば、きよの髪飾りは永遠に見つからないだろう。

(……きよちゃん)

いつも明るいあの子が、あんなに泣いていた。

小さく丸めた体を震わせて。

まるで蝶屋敷にやってきたばかりの頃のように……。


蝶屋敷に連れてこられたきよはよく泣いていた。

鬼に肉親を奪われた傷がいえていなかったのだろう。何かにつけては死んだ家族を思い出し、めそめそ泣いていた。

その日もきよは庭のすみで声を殺して泣いていた。

訓練を終え、縁側に座っていたカナヲには、新しく来た女の子が泣いているという事実しか理解できず、どうして泣いているのか、その気持ちをおもんぱかることはできなかった。

庭を飛びまわる蝶を目で追うでもなくぼんやりながめていると、いつの間にか、きよのとなりにカナエの姿があった。

きよがかすれた声で何か話している。

カナヲのいる縁側から二人のいる場所は少し距離があって、何を話しているかまではわからない。

ただ、カナエの眼差《まなざ》しはこの上なくやさしく、あたたかく、そして深い悲しみに満ちていた。

カナエが何か言い、きよがそれに応える。

やがて、カナエの細くて長い指がきよの髪を結《ゆ》い、小さな蝶の髪飾りをつけてやると、少女は涙に濡《ぬ》れた顔でようやく微笑《ほほえ》んだ。

カナエはきっと、あの時、きよのどうしようもない悲しみや憎しみ、孤独や怒り、恐怖といった負の感情を、すべてその身に、心に受け止めてあげていたのだろう。少女の受けた傷を少しでもいやすために。自分自身が傷つくことも厭《いと》わず。

カナエはそういう人だった。

やさしさの塊《かたまり》のような人だった。

この世界のキレイなものあたたかいものを集めたら、この人になるんじゃないかと思えるぐらい、心根の美しい人だった。

血のつながらない自分たちを結びつけ、家族にしてくれたのはしのぶと――そして、カナエだ。

そのカナエが皆にくれた蝶の髪飾りは、寄る辺ない少女たちにとって目に見える『証』だった。

決して、高価なものではないし、稀少なものでもない。

伊之助が言ったように、ただの物だ。

でも、この髪飾りをつけているだけで、ここにいてもいいのだと、一人じゃないと、そう言われているような気持ちになれた。

少なくともカナヲにとっては、ただの物ではない。しのぶやアオイ、なほやすみ、そしてきよにとっても――。

だから、つい声を荒くしてしまった。

伊之助の言葉にみじんの悪意もないとわかっていたのに……。

『せっかく、同期の子たちと同じ屋敷の下にいるのだから、自分から話しかけてみてはどうですか？　炭治郎くんと仲良くなれたように、きっと、カナヲの心を成長させてくれますよ』

数日前、任務から戻ってきたカナヲに、しのぶはそう言って微笑《ほほえ》んだ。

ようやく硬貨に頼らず物事を決められるようになったばかりのカナヲには、正直、難しい言いつけだった。

実際、伊之助にシャボン玉をやらせてあげようとした時も、アオイに頼んで玄弥に薬を持っていかせてもらった時も、話しかけられず、無言で押しつけて逃げてきてしまった。

そして、今日こそは頑張ろうと思っていた矢先に、これだ。

カナヲが両肩を落とす。

（……炭治郎のお陰で、ちょっとは変われたと思ってたのに）

ほとんど変わっていなかったのだろうか。

やっぱり、自分に出来るのは鬼を殺すことだけなのだろうか。

すっかり気落ちしたカナヲはその後も山の中を歩きまわり、けれど髪飾りを見つけることは出来ず、しょんぼりと下山した。

(師範、カナエ姉さん。ゴメンなさい……私、きよちゃんのために何もできなかった。私はやっぱり姉さんたちみたいには出来ないよ)

そんなことをぼんやり考えていると、麓《ふもと》に人影が見えた。ここからだと逆光になって、顔がよく見えない。

カナヲが目をこらしながら人影に近づいて行くと、ようやくその人影が猪の顔をしているのがわかった。

「よお」

「え……?」

どうしてここに、と問う前に、

「ホラよ」

伊之助の利き手が何かを投げてよこしてきた。わけがわからぬまま両手でそれを受け取る。

開いた両手の中に小さな蝶がいた。

カナヲが目を見開く。

「これ――」

かすかに糸がよれ、一部ちぎれているところもあるが、間違いなくきよの髪飾りだった。

「どう、して……？」

カナヲが髪飾りから顔を上げる。


どうやって見つけたの？

どうして見つけてくれたの？


あまたの思いを呑《の》みこんで伊之助の顔をじっと見つめると、同期の少年はフンと鼻を鳴らし、偉そうにふんぞり返った。

「俺様は山の王だぞ。山に住んでる奴らは全員、俺様の子分だからな。ソイツらに聞けば、毛色の変わった鴉一羽探し出すぐれえ、朝飯前よ」

「え？　まさか、動物の言ってることわかるの？」

「考えてることぐれぇはな」

「すごい」

カナヲが心からそう言うと、伊之助はとたんにご機嫌になった。

「まあな」

とうれしそうに言い、さらに胸を反《そ》らせる。まるで、もっとほめろとばかりに。

もののものしい猪頭や荒々しい口調にもかかわらず、その仕草は存外に子供っぽかった。

「ソイツ、光が当たるとちょっとキラキラすんだろ？　アイツらはキラキラしたもんが好きだからな」

伊之助の言葉に、カナヲは手の中の髪飾りを宙にかざしてみた。

もうすっかり暮れかかっているが、真っ赤な夕日の中で薄い蝶の羽がキラキラと輝いていた。

赤く染まった蝶は、とても美しかった。

在りし日のカナエの姿がそこに重なる。

カナヲはこみ上げてくる想いに、壊れぬよう気をつけながら髪飾りをぎゅっと握りしめた。

「――さっきは」

自然と言葉がこぼれる。

「いきなり怒鳴っちゃってゴメンなさい」

「あ？　何だ。いきなり」

「ありがとう。伊之助」

そう言って頭を下げると、伊之助は驚いたような顔でカナヲを見た。その戸惑《とまど》ったような、何か言いたげな表情に、自分が彼を名前で呼んだのは初めてだったことに気づく。

なんだか、ひどく照れ臭かった。

でも、決して嫌な気分ではなかった。

「……お、おう」

だいぶ遅れて伊之助がうなずく。

「まかせとけ。俺は親分だからな」

ドンと胸を叩いてみせる伊之助に「うん」とうなずき、髪飾りを返そうと手を伸ばす。

これで、きよも笑顔になるだろう。そう思うと、胸の奥がじんわりとあたたかくなっていく。

だが、伊之助は差し出された手の前で頭《かぶり》を振った。

「お前からわたせ」

「でも、これは伊之助が見つけてくれたんだから――」

「家族の証なんだろ？」

反論するカナヲの言葉をさえぎるように伊之助が言う。

「なら、家族のお前からあのチビ助にわたしてやんな」

その声は低く、口調もぶっきら棒だった。

猪の両目だってどこを見ているのかまったくわからない。

（なのに、どうしてこんなにやさしく聞こえるんだろう……？）

カナヲが無言でこくりとうなずくと、伊之助は大きく伸びをした。

「帰るか」

「うん」

「腹減った」

その声に応《こた》えるように腹がぐぅぅぅと鳴った。

「あの……よかったら、お菓子でも買って帰る？」

カナヲがたずねる。

これから町に寄っていくのは少し遠まわりになるが、カナヲの足ならば晩御飯までには戻れるだろう。伊之助が好きそうなお菓子と、それから、きよの好きなかららから煎餅《せんべい》を買ってあげよう。

そんなことを考えていると、伊之助があっさりそれを拒《こば》んだ。

「いや、今は甘いもんより天麩羅《てんぷら》が食いてぇ。帰ったら揚《あ》げてくれ」

「え……」

思いもよらぬ返答にカナヲがたじろぐ。

「天麩羅を？　私が？」

蝶屋敷での家事全般は、アオイ、きよ、すみ、なほの四人がこなしてくれている。アオイは根が器用な上、大変な料理上手なので、食事係はもっぱら彼女だ。きよたち三人が日替わりでそれを手伝っている。

一方、今はマシになったといえ、万事において次の指示を聞かなければ動けないカナヲが、それを手伝うことはほとんどなかった。

カナエの存命時に屋敷の全員でお花見の食事を作ったことがあったが、その時も味見役ぐらいしかしていない。

ちゃんと料理をしたことなど、上弦《じょうげん》の陸《ろく》との戦いで昏睡状態におちいった炭治郎が目を覚ました時に、きよと一緒に重湯《おもゆ》を作ったぐらいだろうか。だが、あの時だって、きよが色々と指示をしてくれた。

「私は料理、上手くないから、帰ったらアオイに――」

そう言いかけた、その時――。

――炭治郎くんと仲良くなれたように、きっと、カナヲの心を成長させてくれますよ。

しのぶの声が耳元でささやいたような気がした。

カナエのやさしい笑い声も……。

カナヲは口にしようと思っていた言葉を自分の胸に押しこみ、

「……教えてもらいながら、作ってみるね」

そう言って小さく微笑んだ。

✵

その日の晩、アオイにつきっきりで教えられながらカナヲが揚げた天麩羅は、かなり焦《こ》げついていたり、多少、生っぽいところもあったけれど、伊之助は「うめえ！　うめえ!!」

と言って、山のように食べてくれた。

　鴉に盗られた蝶が無事、髪に戻ったきよは、なぜか大事そうにツヤツヤのどんぐりを持っていて、それで禰豆子と〝どっちにあるか〟遊びをしている。

「どっちの手の中にあると思いますか？」

「こ、こっち！」

「うふふ。残念でした。こっちの手です」

「も……もういちかい！」

　それをうらやましがったなほとすみが、頬をふくらませ、

「ずるいです、伊之助さん」

「私たちにもツヤツヤのどんぐりください！」

　と伊之助に詰め寄っている。

　アオイは炭治郎と玄弥に持っていく分の料理を、あれこれと考えながらお盆にのせている。カナヲ作の天麩羅については「小さく切って、ご飯にのせてお茶をかけて出してみるわね」と言ってくれた。

　しのぶはにこにこと皆の様子をながめている。

　愛《いと》おしむように。

カナヲと目が合うと、やさしく微笑んでくれた。

カナヲの胸にあたたかいものが満ちあふれていく。


この幸せが、ずっと続くと思っていた……。

この先も、ずっとずっと、永遠に続いていくのだと。


「伊之助。肩、つかまって」

カナヲが伊之助の体の下に自分の体を入れ、その場に立たせる。筋肉質でがっちりとした伊之助の体は想像していたよりもずっと重く、自身も負傷しているカナヲはぐらりとよろけた。両足に力を入れなんとか踏みとどまる。

無限城《むげんじょう》の一室──。

しのぶという大きすぎる犠《ぎ》牲《せい》を払った上で、どうにか上弦の弐《に》を倒した二人は、まさに満身創痍《まんしんそうい》だった。

　カナヲは右目の視力がほとんどなくなっているし、伊之助は体のあらゆるところに傷を負っている。特に出血の多い傷口だけ縫い合わせて、包帯を巻いたが、正直、立っているのが不思議なくらいの重症だ。

　それでも、前に進まなければならない。

　半《なか》ば、自分と伊之助の体を引き摺《ず》るようにして、廊下に出る。

　伊之助は猪頭をかぶりもせず、子供のようにボロボロと涙をこぼしている。

　自分を捨てたと思っていた母親が、実は自分を守って殺されたのだと知らされたのだから、無理もない。

　ただ、あまりに伊之助が無防備に泣くものだから、カナヲまで無理やり押《お》しとどめた涙がこみ上げてくる。

（しのぶ姉さん……）

　泣くのを我慢していると、鼻の奥がつんと痛くなって、視界がじんわりとうるんだ。

「俺な……」

　伊之助がポツリと言った。普段の彼らしくない弱々しくさえ聞こえる声だった。

「初めて会った時に、しのぶと前にどこかで会ったことがあると思ったんだ」

でも、違った、と伊之助が言う。

「しのぶは……母ちゃんに似てたんだ」

そう言うと、またボロボロと泣いた。

しのぶの名前を出され、耐えられなくなったカナヲの目から涙がこぼれ落ちる。


しのぶは向こうでカナエと会えただろうか。

これからは親子四人、天国で幸せに暮らせるだろうか。


ポロポロポロポロポロ、涙があとからあとからこぼれてくる。

「泣くんじゃねぇよ」

「伊之助こそ、泣かないでよ」

そう言うと、意地っ張りの少年は、

「俺は泣いてねぇ!!」

と怒ったように言い返してきた。カナヲの腕を払いのけ、猪頭をかぶる。挙句《あげく》、巻いたばかりの包帯をむしり取ろうとしたので、慌《あわ》てて止めた。

「取っちゃ、ダメよ！　せっかく縫った傷口が、開いちゃうでしょう？」

「こんなもんしてたら感覚が鈍《にぶ》んだよ！」

「しのぶ姉さんも言ってたでしょう？　傷口は清潔にしなきゃダメだって――」

しのぶの名を出され、伊之助がひるむ。渋々《しぶしぶ》包帯を取ることを諦め、

「お前もアレやれ」

とぶっきら棒な口調で言った。

「アレ？」

カナヲが眉をひそめると、伊之助が猪頭の右脇に拳をつけてみせる。

「アレだよ。アレ。ホラ、髪飾り」

「あ……」

ようやく自分がバラバラの髪でいることに気づいた。二人の姉の髪飾りは隊服の胸元にしまっている。

「最後の鬼狩りだ。お前の家族も連れていってやれ」

「……っ」

伊之助の言葉に、カナヲが両目を見開き、そして細めた。様々な思いがこみ上げてきた。

蝶屋敷での思い出が、皆の顔が浮かんできた。

命をかけて守りたいと思いながら守れなかった大切な人。
今もあの屋敷で自分たちの無事を祈ってくれているであろう皆のもとへ、せめてこの髪飾りだけでも持ち帰ろう。

二人の姉が命を賭《と》して守ろうとした平和な世界とともに――。

(必ず……)
カナヲは唇《くちびる》をぎゅっとかみしめ、かつてカナエがそうしてくれたように髪を結《ゆ》った。
そこに、姉の形見をつける。
(姉さん、見ててね)
必ず、鬼《き》舞《ぶ》辻《つじ》無《む》惨《ざん》を倒すから。
こんな悲しい想いをもう誰にもさせないようにするから。
(どうか、そこで見守っていて)
「必ずブッ倒して、アイツらのとこに帰んぞ」
伊之助が城の奥深くへと続いていく廊下をねめつける。
カナヲが無言でうなずく。

そして、二人はどちらともなく走り出した。
この長い、長い夜を終わらせるために……。

第4話 明日の約束

「もうすでに痣《あざ》が発現してしまった方は選ぶことができません……痣が発現した方はどなたも例外なく──……」

凜《りん》としながらも儚《はかな》げな声が、異国の言葉のように耳を素通《すどお》りしていく。
二十五歳。
痣が出た者は例外なく、その歳《とし》になるまでに死ぬという。

兄は十一の歳に死んだ。

✱

来《きた》るべき戦いに備《そな》え〝柱稽古《はしらげいこ》〟を行うこと、またそれぞれの訓練の内容がかぶらぬよう入念に話し合った上で、緊急柱合《ちゅうごう》会議は終了となった。

無一郎《むいちろう》が産屋敷邸《うぶやしき》を辞するため、美しく造りこまれた石庭を歩いていると、背後から、

「――少し、いいか」

と声をかけられた。

振り向かずともその低く静かな声音が誰のものであるかはわかる。

「悲鳴嶼《ひめじま》さん」

無一郎が名を呼びながら振り返ると、岩柱《いわばしら》・悲鳴嶼行冥《ぎょうめい》はどこか辛そうな顔で、見えぬ目を細めた。

「お前と話がしたくてな……」

「僕と？」

「ああ。よければ、どこか腰かけられるところで話そう」

うながされるままあずまやへ行き、悲鳴嶼と対面する形で腰かける。

庭の片隅《かたすみ》に作られた休息用の小屋はたいそう、風通しがよく、茅葺《かやぶき》屋根の匂いが心地よかった。耳を澄ますと、木々の枝葉が風にそよぐ音に混じって、小鳥の鳴き声が聞こえてくる。

「話すって、何をですか？」

「……先程《さきほど》、あまね様が仰《おっしゃ》られたことだ」

無一郎があらためて問うと、向かいに座る悲鳴嶼はようやく切り出した。

ああ、と察しのいった無一郎が話の先を引き取る。

「痣のことですか？　二十五歳までしか生きられないって」

「――そうだ」

うなずく悲鳴嶼に、無一郎が淡々《たんたん》と告げる。

「痣が出た時、肉体の強化が凄《すさ》まじかったから、きっと真っ当なものではないんでしょうね」

もしかすると、アレは己《おのれ》の命を前借りする力なのかもしれない。

だから、痣の出た者はおしなべて二十五までしか生きられない。その先の命を使ってしまっているから――。

だとしても、この痣があれば上弦《じょうげん》の鬼《おに》とも戦える。

現に、この痣があったからこそ、無一郎は上弦の伍《ご》に勝つことが出来たのだ。

「悲鳴嶼さんは……」

悲鳴嶼の年齢は二十七だと聞いている。ならば、仮に痣が出たとして、その時点で寿命の上限を超えているはずだ。一体、どうなってしまうのだろうと無一郎が案じていると、

「私のことはいい」

悲鳴嶼が珍しくその声音を荒くした。

「もとより、死を覚悟している身だ……だが、お前は……まだ、十四だろう」

悲鳴嶼の声と顔に、言いようのない悲しみが混じる。

鬼殺隊《きさつたい》最強とうたわれる力と剣士ならば誰もがうらやむ巨軀《きょく》を持ちながら、仏か菩薩《ぼさつ》のように心やさしいこの男は、今も無一郎のために涙を流している。

「時透《ときとう》。柱《はしら》としてのお前を侮辱するつもりも、その覚悟を疑うわけでもない。ただ……大丈夫なのか、お前は」

「どうしてですか？」

無一郎は本当に不思議でたずね返した。皮肉ったつもりはないのに、悲鳴嶼は眉《まゆ》をくもらせた。

「お前はもう先の戦いで痣が出ている。選ぶことはできない」

「それなら、甘露寺《かんろじ》さんも同じでしょう。僕よりも、甘露寺さんを気遣《きづか》ってあげてください。それと、伊黒《いぐろ》さんを」

「甘露寺はわかるが、なぜ、伊黒がそこに出てくるのだ？」

「だって、甘露寺さんのこと好きですよね？　伊黒さん」

「……驚いたな」

悲鳴嶼が束の間《つかま》、光のない両目を見開く。

「気づいてなかったんですか?」

「いや……お前がそれに気づいていたという事実に驚いている」

悲鳴嶼は平然と失礼なことを言うと、初めてやわらかく微笑《ほほえ》んだ。こういう表情をすると、山伏《やまぶし》さながらの強面《こわもて》が存外にやさしくなる。

鬼なんてものがいなかったら、この人はただただ穏やかでやさしい人だったのだろう。

ふと、そんなことを思った。

「変わったな。お前は」

悲鳴嶼がつぶやく。

「それとも、それが本来のお前なのか」

「………」

確かに、今までの無一郎であったら、同僚のほのかな想いなど――たとえ、それがどれ程わかりやすいものであったとしても――気にもかけなかっただろう。ともにこの世に生まれ落ちた双子の兄のことさえ忘れ、鬼を殺すこと以外、興味がなかったあの頃の自分は、深い深い霧の中にいるようだった。

何も聞こえず、何も見えない。

そんな霧の中から、今の場所へ連れ戻してくれたのは、亡き父を彷彿《ほうふつ》とさせる炭治郎《たんじろう》の言葉と、弱いながらもけんめいに自分を助けようとしてくれた小鉄《こてつ》の存在だ。

二人のお陰でまたこうして、かつてのようにすべてを見ることが出来る。

この美しい世界を、素直《すなお》に美しいと感じることが出来る。

人のやさしさに、当たり前のように気づくことが出来る。

無一郎は茅葺屋根の向こうに広がる青い空を見やった――。


――きっとだよ。時透さん。

あの後、再び訪れた里で刀鍛冶《かたなかじ》の少年と交わした約束が、不意に思い出された。

✹

「え？　まさか、時透殿ですか？　どうしたんです？」

包帯姿の無一郎が刀鍛冶の里を訪れると、鉄穴森鋼蔵《かなもりこうぞう》が驚いた様子で駆け寄ってきた。

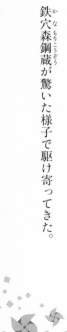

「怪我《けが》は、もう治ったんですか？」

「一応は。まだ本調子じゃないけど……里の引っ越しは、だいぶ進んだ？」

無一郎がたずねると、鉄穴森は「はい」とうなずいた。

「あと二日で完了です。老人や女子供は、安全を考慮し、先に〝空里《からざと》〟に移っていますよ。うちの嫁ももうあちらで荷解《にほど》きをしています」

先の上弦二体による襲撃で、里は多くの死傷者を出した。だが、里全体としての被害は最小限にとどめられたそうだ。

お陰で、万一のため、用意してある空里への移転も、素早く開始できたという。

「道具や刀はほぼ移し終えました。残った荷を男たちで運び出し、今回の襲撃で死んだ者たちをほうむっているところです。とはいえ、鋼鐵塚《はがねづか》さんなんかは、研磨《けんま》のためにさっさと空里に移ってしまいました。まあ、あの人がいても刀鍛冶以外では特に役に立つわけでもないですし、いいんですけど。むしろ、邪魔だし」

飄々《ひょうひょう》とした無面の下で鉄穴森がさらりと毒を吐く。

無一郎は人けのなくなった里をながめた。容赦《ようしゃ》なく破壊された家屋は、皆、静まり返っている。

以前は、あちらこちらから鉄を打つ音が聞こえてきただけに、ひどく物淋《ものさび》しい。

「お墓は空里に移さないんだね」

「ええ」

鉄穴森が少しばかり湿った声を出す。そして、からりとその声を明るくした。

「まずは、生きている人間が優先ですから。そして、一刻も早く刀を打つことです。私たちは刀鍛冶ですから」

「そう」

「それで、時透殿はどうしたんです？　忘れ物ですか」

鉄穴森が当初の質問に戻る。無一郎は気負《きお》いなく答えた。

「鉄井戸《てついど》さんのお墓参りをさせてもらおうと思って」

「！　そうでしたか……でしたら、私がいくらでもご案内いたしますよ」

鉄穴森が驚いたあとで、幾度もうなずく。

鉄井戸は鉄穴森の前に無一郎の担当だった鍛冶師の名だ。刀を打つだけでなく、無一郎自身のことをとても案じてくれていた。無一郎はそのあたたかい気持ちに、鉄井戸の存命中は気づくことができなかった。

それどころか、名前すらろくに覚えていなかった。

だからこそ、里が消えてしまう前に、その墓に手を合わせておきたいと思い、やって来たのだ。

「それと、小鉄君にも会っておきたかったんだけど――」

女子供が先に空里に行ってしまったというからには、小鉄もとうにここにはいまい。無一郎がそう思っていると、

「ああ、小鉄少年だったら、まだこの里にいますよ」

鉄穴森が言った。

「小鉄君が？」

「はい」

あっさりとうなずいた鉄穴森だったが、その先は少しばかり歯切れが悪かった。

「――実はですね、小鉄少年は少しばかり面倒なことになっているんですよ」


その後、鉄穴森の案内で鉄井戸の墓前に供花《きょうか》をたむけた無一郎は、小鉄がいるという場所に向かった。

「ここは……」

無一郎が周囲を見まわす。そこは、小鉄と初めて出会った林だった。

天高く伸びた木々の下、少年は戦闘用絡繰《からくり》人形・縁壱零式《よりいちぜろしき》の前にぽつんと座っていた。脇にあまたの道具が散らばっているところを見るに、どうやら今の今まで修理に当たっていたようだ。

うなだれていた顔を上げた小鉄が、はあ、と重たいため息をつく。そして、目の前の林にたたずむ無一郎を見つけると、

「ええ!?　時透さん？」

とぎょうてんした。

「どうしたんですか？　怪我はもういいの？　泡吹いて倒れちゃうくらいの大怪我だったのに？」

「うん。丸々二日寝たから」

「いやいやいや、二日寝たからって治らないでしょ？　普通。時透さん、本当に人間なの？」

相変わらずの小鉄のノリに、

「ねえ。君はどうして新しい里に行かないの」

無一郎が何気なくたずねる。

すると、少年は急にしょぼんとなった。両の肩をがくりと落とし、ぼそりと告げる。

「縁壱零式の修理が終わってないので、行けないんです」

「僕が壊しちゃったから？」

すると、小鉄が慌《あわ》てて頭《かぶり》を振った。

「いえ、そんな。確かに、最初に腕をもがれた時には、この恥知らずの昆布頭、切腹しろとか思いましたけど」

「……けど？」

「結局、あの後に残った五本の腕で動いたんです。それで、炭治郎さんと訓練したんです。打倒、時透さんを掲《かか》げて」

「なんで？」

無一郎が面食らっていると、小鉄が簡単に当時の状況を説明してくれた。


打倒・時透を掲げていたのは小鉄のみで、あくまで炭治郎の修練用の戦闘訓練は、残りの五本の腕に刀ではなく素振り棒を持たせて始まったのだという。

最初は全然ダメダメだったのだが、七日目にしてようやく、炭治郎の刃《やいば》が縁壱零式をとらえた。

だが、人の好《い》い炭治郎はそこで絡繰《からくり》を攻撃することをためらった。

十中八九、小鉄の気持ちを察してのことだろう。

そのやさしさはいかにも無一郎の知る彼らしかった。

「だから、俺、言っちゃったんです。斬《き》って、って。壊れてもいい。絶対、俺が直すからって」

炭治郎はその言葉にうながされ、縁壱零式に初めて一撃を浴びせた。

「その時に、縁壱零式の中からでてきたのが、鋼鐵塚さんが研磨《けんま》してたあの刀です」

「アレが？」

その刀によって、炭治郎は上弦の肆《し》の頸《くび》を斬ることができた。

だから、小鉄も己の才能に見切りをつけることをやめ、けんめいに努力した。炭治郎は自分の言葉を信じ、刃を振るってくれたのだから。

だが――。

「もげた頭部と腕はどうにか直ったんですけど、あくまで人形の表だけで、中身の絡繰の方は……」

「動かないの？」

「いえ。動くことは動くようになったんです。どうにかですけど。でも、前のようには機能しない。どうしても、戦闘訓練用の型を再現できないんです……俺が無能だから」

小鉄はそう言うと、それっきり黙りこんでしまった。

無一郎は絡繰《からくり》人形の腕にそっと触れてみた。硬く冷たい木の感触が伝わってくる。かつて対峙《たいじ》した時のそれは、血の通った人間と見紛《みまが》うばかりであっただけに、小鉄の意気消沈ぶりもわからなくはなかった。

「とりあえず、新しい里に持っていって、そこでゆっくり直したら？」

と、提案する。だが、小鉄は力なく頭《かぶり》を振った。

「鉄珍《てっちん》様に言われたんです。里が完全に移り終えるまでの二日間で、再び元のように動かすめどが立たなければ、縁壱零式を捨てていけって」

体の両脇《りょうわき》で握りしめられた拳《こぶし》がかすかに震えている。

鬼との戦いに日輪刀《にちりんとう》はなくてはならない。刀鍛冶の里の移転は鬼殺隊にとって必要不可欠だ。ゆえに、迅速かつ秘密裏《ひみつり》に行うため、どうしようもないのだという。

「万一にも鬼にあとをつけられないよう、特殊な方法で運んでいるんです。ですから、持っていけるものには限りがあって……」

「役に立たないものは要《い》らないってこと？」

「……はい」

小鉄がうつむく。お面の下から、小さく鼻をすする音がした。

無一郎は絡繰の腕から手を離した。

昔の自分なら、里長《さとおさ》である鉄地《てっち》河原《かわはら》鉄珍の言葉を当然だと思っただろう。役に立たないものは要らない。

物も、そして人も――。

だが、今の無一郎にはひどく無情な言葉に思えた。

小鉄の祖先が戦国時代に作ったという絡繰人形は、彼にとって親の形見であり、いっそ家族のようなものであったはずだ。

「――なら、役に立つものに戻したらいい」

無一郎がポツリと言うと、小鉄が目に見えてうろたえた。

「でも、俺には……」

「絡繰の動きなら、僕が覚えてるよ。もちろん、全部じゃないけど」

小鉄の言葉をさえぎって無一郎が告げる。小鉄の両の目がお面の下から戸《と》惑《まど》ったようにこちらを見つめている。

「二人で縁壱零式を直そう」

「大丈夫？　時透さん。まだ、熱があるんじゃない？　そういうこと言う人じゃないよね？」

動転した小鉄が毒を吐いてきたが、構《かま》わずに告げる。

「僕が動きを再現するから、君はそれを覚えるか紙に書き写していって」

「え、あ……」

「二日しかないんだから、さっさとしないと」

「は、はい！」

戸惑いながらも小鉄がうなずく。

そんな二人を、壊れてしまった絡繰《からくり》人形の両目が、じっと見つめていた……。

✻

「右弐《に》の動きはこう」

「はい」

「ここで、右壱《いち》を使って、こう斬りこむ」

「こうですか？」

「違う。こう。もっと速く、鋭く」

頭だけでは、到底、覚えられないということで、けんめいに筆を走らせる小鉄の前で、隊服の上着を脱ぎ、シャツ姿になった無一郎が、縁壱零式の基本的な型をゆっくりと再現する。

上着を脱いだのは、腕の動きをわかりやすく小鉄に見せるためだ。普段の彼は、敵に動きの予測をさせぬよう、だぶだぶの隊服を着ている。

いつしか、西の空が赤く染まっていた。

さすがに小鉄の顔に疲れが見え始めたので、無一郎が休憩を言い出すと、明らかにほっとした様子で、

「じゃあ、俺、水をくんできますね」

と近くの沢まで行ってきてくれた。

楓《かえで》の木の根元に背中を預け、竹筒《たけづつ》に入れられた水を口に含む。くみたての水は、冷たくてほのかに甘かった。

「……時透さんはすごいですね」

となりに腰を下ろした小鉄がボソッとつぶやいた。唐突《とうとつ》にほめられ、無一郎が小首を傾《かし》げる。

「いきなり、何？」

「だって、たった一回訓練しただけなのに、縁壱零式の動きを覚えてるんだもの。普通出来ないですよ」

「全部覚えてるわけじゃないけど」

「それにしたって、すごいよ。それに引きかえ、俺は……」

無一郎から視線をそらせた小鉄が、うつむいた姿勢でため息をつく。十歳の少年がつくにしては重たいため息だった。

「こうして時透さんが手を貸してくれてるのに、今だって、俺だけで本当に直せるのかなって、不安で仕方ない」

「君はまだ十歳なんだから、これからいくらでも変われるよ」

「ムリだよ！」

うつむいたまま小鉄が弾《はじ》かれたように叫んだ。その声がみるみる弱々しくなる。

「俺には刀鍛冶の才能もないのに、絡繰《からくり》の才能もないんだ。出来損ないだよ。時透さんみたいに生まれた時から才能に恵まれた人には、俺の気持ちなんかわからないよ」

竹筒をにぎりしめた少年の両手が震えている。

無一郎はとなりに座る彼から、目の前におい茂《しげ》る木々へと視線を向けた。

「僕が君と同じ年の時は、まだ刀を握ったこともなかったけど」

「え……」

小鉄が驚いたように顔を上げ、

「代々鬼殺《きさつ》をやっている名家の出なんじゃないんですか？」

「僕らの父親は杣人《そまびと》だった」

無一郎は木々の青さに目を細めた。

「十歳の頃に両親が死んで、それからの一年は兄と二人で暮らしてたんだけど、あの頃の僕はお米も満足に炊《た》けないし、包丁もろくに使えなかった。木を切るのすら下手《へた》で、兄さんに毎日のように叱《しか》られてたよ。無一郎の無は〝無能〟の〝無〟。無一郎の無は〝無意味〟の〝無〟って」

呆《あき》れるくらい不器用だった。

そして、どうしようもない甘ったれだった。

けんめいに自分を守ろうとしてくれている兄のやさしさに、気づけないぐらい。

「兄は僕と違ってなんでも器用にこなす人だったから」

木を伐《き》るのも料理も上手《うま》かった。けものも手早くさばいた。

皮肉を言いながら、怒りながらでも、何かにつけて無一郎の好物のふろふき大根を作ってくれた。

よく出汁《だし》の染《し》みこんだやさしい味だった。

「お兄さんも鬼殺隊にいるんですか？　まさか、兄弟で柱なの？」

「兄さんは十一歳の時に死んだよ。鬼に殺されて」

「え……」

「僕が鬼狩りになったのは、その後なんだ。だから――」

「ゴ、ゴメンなさい!!　時透さん！」

小鉄の顔がさあっと青ざめるのがお面の上からでもわかるようだった。オロオロと失言をわびる少年に顔を向け、無一郎は小さく首を傾げた。

「どうして謝るの？」

「だって、辛《つら》いことを話させちゃって……」

「炭治郎と君のお陰で、僕は兄さんのことを思い出せたんだよ」

「え？　俺と炭治郎さんの？　え？　思い出すって――」

火男《ひょっとこ》のお面が、呆けたようにつぶやく。

わけがわからないであろう彼に、無一郎は自分が兄のかたきである鬼を殺した際に瀕死《ひんし》の状態におちいり、それ以前の記憶を失っていたことを簡単に話した。

「でも、こうして思い出せた。君はみぞおちを刺されながら、それでも僕を救おうとした。僕を助けるために。里の皆を、刀を守るために」

『時透さん……お、俺のことはいいから……鋼鐵塚さんを……助けて……刀を……守って……』

そこには何一つ、〝自分〟が存在しなかった。

滅私の心だ。剣士でもない鍛冶師の子供が、自分の命を犠牲《ぎせい》にして自分以外のすべてを守ろうとした。

「君の他人を思う心と炭治郎の言葉が、僕に大切なものを思い出させてくれたんだ」

「時透さん……」

「ありがとう」

ずっと、お礼を言いたかった。

「鉄井戸さんにも、君にもお礼が言えてよかった」

「いえ………俺の方こそ、ありがとうございます」

その場に立ち上がった小鉄が、ペコリと頭を下げた。

「ありがとう……時透さん」

「どうして、君がお礼を言うの？」

「あー、小鉄君だわ！　やっと、見つかったぁ〜！」

そこへ、明るい声とともに、甘露寺蜜璃《みつり》が駆け寄ってきた。手には大量のおにぎりがのった巨大な皿を抱《かか》えている。

「兵糧《ひょうろう》？」

「甘露寺さん？　どうしてここにいるの？」

ぎょっとする小鉄。

不思議そうな顔になる無一郎。

「やっぱり、無一郎君も一緒だったのね。よかったわぁ」

蜜璃が無邪気《むじゃき》に笑い、おにぎりの皿を二人の前に置く。どしん、とおにぎりに非《あら》ざる音がした。

「お世話になった里や皆のその後が気になって。お引っ越しのお手伝いをしようと思って来たの。ホラ、私、力持ちだから！　いっぱい物を運べるでしょう？　でも、来てみたらお引っ越しはほとんど終わってて、どうしようかと思ってたら、鉄穴森さんに会って――」

蜜璃がそう言うと、彼女の後ろの木の影から鉄穴森がひょっこり顔を出した。

無一郎が「ああ」とうなずく。

「それで、『やっぱり』？」

「ええ。小鉄少年が代々家に伝わる絡繰《からくり》を直せず困っていて、たぶんそこに時透殿もいるとお伝えしたんです」

コクコクと火男《ひょっとこ》のお面が上下する。

「そしたら、差し入れを作って持っていくというので、私もお手伝いしました」

そういう鉄穴森の右手には大きなやかんが下げられ、左手で湯呑《ゆのみ》を四つ抱えている。

「因《ちな》みに、高級ぎょくろです」

「お米もほとんど運び終わってて、ちょっぴりしか作れなかったけど、その分、たっぷりお塩をきかせたし、美味《おい》しい梅干もあるのよ」

「ちょっ、ぴりしか作れなかったけど……？」

「甘露寺さんにとっては、ちょっぴりなんだよ」

山と積み上げられたおにぎりにたじろぐ小鉄に、無一郎が小声でささやく。

そんな二人の姿に、

「ウフフ。無一郎君と小鉄君ってば、すっかりお友達になったのねぇ」

可愛《かわい》いわぁ、と蜜璃が頬《ほお》を染める。

「いえ、柱の時透さんと俺なんかとじゃ――」

「うん。友達だよ」

わたわたする小鉄を尻目《しりめ》に、無一郎がさらりと言う。

小鉄が驚いたように無一郎を見る。

「時透さん……?」

「前に僕が言ったことは、間違いだった」


『柱の時間と君たちの時間はまったく価値が違う』

『刀鍛冶は戦えない。人の命を救えない。武器を作るしか能がないから』

『自分の立場を弁《わきま》えて行動しなよ。赤ん坊じゃないんだから』


とんでもなく傲慢《ごうまん》で、恥ずべき言動だった。

あの時は、小鉄がなぜ、泣いたのか、炭治郎がなぜ、自分の手を叩《たた》くように払いのけたのかさえわからなかった。

配慮が欠けていると炭治郎に言われたが、まったくもってその通りだ。

『刀鍛冶は重要で大事な仕事です。剣士とは別の凄《すご》い技術を持った人たちだ。だって実際、刀を打ってもらえなかったら、俺たち何もできないですよね？』

『剣士と刀鍛冶はお互いがお互いを必要としています』

『戦っているのはどちらも同じです』

そう炭治郎に怒られても、くだらない話だとしか思えなかった。何一つ、心に響かなかった。

あの頃の自分には、なんの感情も通っていなかった。

それこそ、鬼を狩るだけの絡繰《からくり》人形だった。

「今更《いまさら》だけど、君に——君たちに謝りたい」

ごめんと頭を下げると、小鉄の両肩が震えた。うつむき、けんめいに何かをこらえている。

「僕は、君や鉄穴森さんの打った刀に救われたし、炭治郎は鋼鐵塚さんが研磨《けんま》した刀に救われた。剣士も刀鍛冶も一緒に戦ってる。炭治郎が言った通りだった」

切々と無一郎が告げる。

こらえ切れなくなったのか、火男《ひょっとこ》のお面の顎先《あごさき》から透明な雫《しずく》が流れ落ちた。お面を目の下の位置までずらして、少年は無言で泣いた。

すると鉄穴森までが、

「大人《おとな》になりましたねえ……時透殿」

と言ってもらい泣きし始めた。

こちらはお面を外し、長細い素顔を惜しげもなくさらして、ぐしゅぐしゅ泣いている。

「鉄井戸さんが今のあなたを見たら、どれ程喜ぶか」

「私もぉ……私も鉄珍様の打ってくれた刀に、何度も救われてるよぉお……わあああああん!!」

見れば、蜜璃までもが顔をぐしゃぐしゃにして泣いている。今にも、自身の刀に頬ずりしかねないその様子に、

「どうして、鉄穴森さんと甘露寺さんまで泣いてるの?」

無一郎が眉をひそめていると、

「――時透さん」

小鉄がお面の下からのぞいた頬を手の甲《こう》でぬぐいながら、無一郎の名を呼んだ。

「おにぎり食べたら、また手伝ってくれますか？」

「うん。一緒に頑張ろう」

無一郎がうなずくと、小鉄が涙で濡《ぬ》れた頬でにっこりと笑う。

「私も応援するからね！　ご飯とかいっぱいいっぱい作るから、二人とも、頑張ってね!!

うわあああん!!」

蜜璃が小鉄と無一郎をぎゅっと抱きしめ、号泣した。

✵

「では、いきます」

小鉄がおごそかに言い、人形の首筋《くびすじ》の穴に鍵を差しこむ。

絡繰《からくり》が刀を構え、力強く踏みこむ。

目に止まらぬ程の速さで繰り出される六つの刀を、無一郎が次々と受け流していく。

絡繰は程なく止まってしまったが、人形の流れるような動きは、間違いなくかつて対峙した戦闘訓練用絡繰・縁壱零式の動きだった。

最終日の夕方にして、ようやくここまで直せたのだ。

「はあ……」

蜜璃の口から、安堵《あんど》と感嘆のため息がもれる。

小鉄が皆に向かってペコリと頭を下げる。

「今はまだ一つの型しか再現出来てないので、ここまでしか動かせませんが」

「すごいよおぉ、小鉄君」

「ええ。八方塞《はっぽうふさがり》の中から、よくぞ、ここまで頑張りましたね」

盛大な拍手を贈る蜜璃のとなりで、鉄穴森もパチパチと拍手をしてみせた。そして、うんうん、とうなずく。

「里長が仰っていた通りですねえ」

「長？　鉄珍様が？」

「ああ、小鉄少年。二日でなんとか出来なければ捨てるというの、アレは嘘《うそ》です」

「ええええぇぇぇ⁉」

小鉄がぎょうてんする。蜜璃も「ええ、嘘なの⁉」とその場で飛び上がった。

「え？　え？　どうして、そんなひどい嘘をついたの？」

「どういうことなの？　鉄穴森さん」

さすがに無一郎もとがめるような口調でたずねる。

鉄穴森は自身の頭の後ろをかくと、幾分申し訳なさそうに口を開いた。

「はあ……」

「里長が仰るには――」

『小鉄はええ子や。一本気で頭も良い。冷静な判断も出来るし、分析力も秀《ひい》でとる。せやけどなぁ……』

「そのせいで、己の限界を自分で決めてしまいがちだ、と里長は案じておられました」

『そもそも、限界なんてもんを自分で決めたらあかんのや。そんなん、自分の才能を自分で頭打ちにするようなもんやで』

「それで、小鉄君を奮《ふる》い立《た》たせるために、嘘《うそ》の期限を設けたってこと?」

「まあ、そうです」

無一郎の言葉に鉄穴森がコクコクとうなずく。

「死中に活を求めると言いますか、追い詰められたら小鉄少年が自分のからを破れるんじゃないか、というお考えがあったようですね。私はその見届け役に選ばれました」

鉄珍は鉄珍で小鉄のことを長として誰よりも案じていたのだ。

「鉄珍様がそんなことを……」

里長の思いを、小鉄がしみじみとかみしめる。

「正直、私は小鉄少年が諦めると思っていました。ごめんなさい。あなたを見くびっていました。この通りです」

「――いえ。俺一人じゃ無理でした。実際、すぐに泣き言を言ってたし……時透さんが協力してくれなかったら、きっと諦めてた」

平謝りする鉄穴森に小鉄はきっぱりとそう言うと、無一郎の方を向き、

「俺、零式を必ず直します。そしたら、必ず戦闘訓練に来てください」

と頭を下げた。そして、いささかバツが悪そうに、

「今度はちゃんと操作して、時透さんの弱点をつく動きを組むから」

そうつけ加えた。

それに、炭治郎の訓練の話を思い出した無一郎が、

「ああ、確か、前は僕が気に入らなくて教えてくれなかったんだっけ」

「わあぁ……すみません」

特に当てこするつもりはなかったのだが、小鉄がひたすら小さくなった。

「あの節《せつ》は、昆布頭とか澄ました顔の糞《くそ》ガキとか、チビとか不細工《ぶさいく》な短足とか、色々失礼なことを言ってすみませんでした。今はそんなことみじんも思ってませんから」

「それ、全部、僕のこと？」

「うわあぁん、すみませぇん!!」

「別にいいよ」

気にしてないからと無一郎が言うと、小鉄はようやくほっとしたように無一郎の両手を取った。

「必ずですよ？　必ず、来てくださいね」

「うん」

無一郎がうなずく。

少年の手は皮膚《ひふ》が固く、ゴツゴツとしていて、まめと古傷だらけだった。己の命を賭《と》して戦う人間の手だった。

自分と同じ手だった。

「直し終えたら、連絡して」

「はい」

「その時は、炭治郎君や禰豆子《ねずこ》ちゃんや、玄弥《げんや》君や他の皆も誘って、鉄穴森さんや鉄珍様も、またみんなで美味しいものを食べようね」

蜜璃がにこにこと言う。

いかにも蜜璃らしい発想だった。どんな辛い戦いの中にあっても、彼女の底抜けの明るさはいつも皆をやさしく照らしてくれる。

「炭治郎君の同期の子たちにも声をかけたらどうかな？　きっと、すごく楽しいよぉ」

「――そうだね」

思わず、無一郎が微笑む。意識したわけではなく、その光景を想像したら、自然と笑顔がこぼれたのだ。

その穏やかな笑顔に、誰もが驚いた顔になる。

いつ叶うかもわからない約束。

不確かでなんの保証もない。

苛烈《かれつ》を極める鬼との戦いの中では、儚い程にもろい約束。

けれど、それはひどくやさしい光となって、無一郎の心を明るく灯した。


「きっとだよ。時透さん」

少年はそう言って、無一郎と蜜璃の姿が見えなくなるまで、ずっと手を振っていた――。

✻

「時透？」

「…………」

「大丈夫か」

天を仰《あお》いだまま黙ってしまった無一郎を案ずるように、悲鳴嶼がたずねてきた。刀鍛冶の里の記憶から立ち戻った無一郎が、目の前に座る悲鳴嶼を見る。

「大丈夫です」

今聞かれたことに対してだけでなく、先程の問いに対して答える。

悲鳴嶼の光のない瞳《ひとみ》を、しかし、真《ま》っ直《す》ぐに見つめる。

「僕はもう空《から》っぽの無一郎なんかじゃない」


共に闘《たたか》う友が、仲間がいる。

命をかけて守るに足る主がいる。

兄は自分をうとんじていたわけではなく、今わの際《きわ》まで大切に思ってくれていた。無一郎の無は〝無限〟の無だと、そう言ってくれた。


(いや……違う)

きっと、自分はずっと空っぽなんかじゃなかったんだ。

ただ、それに気づくだけの余裕がなかった。

『柱としてともに頑張ろう！』

そう言って、肩を叩いてくれた炎柱《えんばしら》の手の温かさに、

『誰がわかってくれようか。儂《わし》はお前さんが使った刀を見ると涙が出てくる』

そう言い、この身を案じ続けてくれた老鍛冶師のやさしさに、もっと早く気づければよかった。

「ありがとうございます、悲鳴嶼さん」

短い言葉に心をこめて告げる。

胸の中で、煉獄《れんごく》や鉄井戸――己を気にかけてくれた、支えてくれたすべての人に頭を下げる。

「……我ながら不粋《ぶすい》な心配をした。忘れてくれ」

無一郎の声音に感じ入るものがあったのだろう、悲鳴嶼がふっと微笑む。穏やかな笑みだった。

無一郎は腰かけから立ち上がると、

「じゃあ、次の柱合会議で」

「ああ。息災《そくさい》でな」

悲鳴嶼の言葉に軽く頭を下げ、あずまやを出た。

吹きつける風に両目を細めながら、無一郎は天を見上げる。

雲の流れが速い。

真っ白な雲の合間に見える空は、目にしみるように青かった。

(見ててね。兄さん……)

胸の中で亡き兄を思う。

十一の若さでこの世《よ》を去った兄。

皮肉屋な冷たい眼差《まなざ》しの裏には、確かなやさしさがあった。何と引き換えにしても弟を守るという強い信念があった。

短い一生を、兄はけんめいに生きた。

無一郎自身も明日《あす》をも知れぬ身の上だ。

鬼狩りの途中に命を落とすやもしれず、運よく命を拾ったとしても、二十五で己の寿命は尽《つ》きる。

だが、不思議な程怖くはなかった。

兄に、友に恥じぬ生き方をしよう。

そうすれば、いつか向こうへ行った時に、兄は笑ってくれる。『よくやったな。無一郎』とほめてくれる。

少年の顔に、空の青さを思わせる晴れやかな笑みが浮かんだ。

第5話

中高一貫☆キメツ学園物語!!

～ミッドナイト・パレード～

「んじゃ、まあ、面倒なあいさつは抜きにして、カナエ先生に乾杯!」

宇髄天元《うずいてんげん》の掛け声に、あちらこちらでグラスが合わさる。

彼らが勤務するキメツ学園から十分程歩いたところにある大衆居酒屋は、まだ木曜日だというのに酔客でごったがえしていた。

「このたび、慣れ親しんだ母校に生物教師として赴任することができました、胡蝶《こちょう》カナエと申します。不束者《ふつつかもの》ですが、何卒《なにとぞ》、ご指導ご鞭撻《べんたつ》の程お願い申し上げます」

カナエがしずしずと頭を下げる。その可憐《かれん》な姿にいたる所で感嘆がもれた。

彼女の妹たちも相当な美少女で男子生徒たちの憧《あこが》れの的だが、カナエは自身がキメツ学園の生徒だった頃から、男女問わずえげつない程にモテた伝説的な人物である。

(しばらくの間、男どもが大変だな)

宇髄は乾杯のビールを飲みながら、周囲のテーブルをそれとなく観察した。男性教師ばかりか女性教師さえも、カナエの一挙一動に見惚《みほ》れている。

事実、彼女の新任紹介のあった先日の朝礼時は大変だった。中でも、某風紀委員の興奮《ぼう》がすさまじく、誰もが彼の上げる汚い高音に耳を覆《おお》い、某体育教師の鉄拳が炸裂《さくれつ》したあと、二人の親友が失神した彼を回収していった。

（それに引きかえ……）

宇髄がチラリと同テーブルの教職員に視線を向ける。

歴史教師の煉獄杏寿郎《れんごくきょうじゅろう》は酒もそこそこに、サツマイモご飯を「わっしょい！　わっしょい！」と食べているし、数学教師の不死川実弥《しなずがわさねみ》はビールを水のように飲みながら、スマホ越しに弟の数学の成績について説教を垂れている。宇髄はスマホの向こうの――おそらくは正座をしプルプルと震えているであろう少年に、心底、同情した。

一年　筍《たけのこ》組担任・悲鳴嶼行冥《ひめじまぎょうめい》にいたっては、カナエが在学中からキメツ学園で教鞭をとっていたため、あたかも保護者か何かのような態度で接している。

件《くだん》の体育教師かつ風紀委員顧問《こもん》である冨岡義勇《とみおかぎゆう》は、もそもそと肴《さかな》をつまみながら、お猪口《ちょこ》を傾けている。まるでしゃべらないが、それは別に機嫌《きげん》が悪いわけではなく、彼が物を食べながらしゃべることが出来ないせいである。

コイツら全員、僧じゃなかろうかと呆《あき》れつつも、こういう面子《めんつ》だからこそ、カナエと同じテーブルに配置されたのだろうと納得もする。

　このマイペースな同僚たちの中で、しゃべり役はもっぱら宇髄だ。

　対するカナエは無類の聞き上手で、どんな話題にも心から楽しげな反応を返してくれる。

ただ、宇髄が最近、生徒たちの間で話題の怪談のことを話すと、その顔から笑みが消えた。

「生物室の壺《つぼ》に、廊下をはいずる老人ですか……」

　形の良い顎《あご》に手を当て、束《つか》の間《ま》、考える仕草を取る。

「お？　カナエ先生は怖い話とか苦手なわけ？」

　宇髄が冗談めかして言うと、カナエはしかし、にっこりと頭《かぶり》を振った。

「いえ。どちらかと言えば、わりと好きです」

　そこで真面目《まじめ》な顔に戻って言う。

「ですが、生徒たちが被害に遭《あ》っているのでしたら、教師として見過ごすわけにはいきません」

「全力で同意する!!　カナエ先生の言う通りだ!!」

　カッと両目を見開いた煉獄が、夢中で食べていたサツマイモご飯から顔を上げる。多くの生徒たちから慕《した》われる彼は、常日頃《つねひごろ》から生徒愛を公言してやまない熱血教師だ。

「生徒が困っているのであれば、この煉獄杏寿郎も黙ってはおれん！」

「いや、黙ってサツマイモ飯食ってろ。お前は」

「早速、明日《あす》の夜にでも、生物室と廊下の見回りに行こうではないか！　な！　宇髄!!」

「なんで俺に振るんだよ。誰が行くか」

「学園の平和を守るのは我々教師の務めだ！」

がぜんやる気になっている友を前に、宇髄はげんなりした。こういう時の煉獄は大変面倒くさい。さて、どう言って同僚を諦めさせようか頭を悩ませていると、カナエが「――よろしければ」と片手を上げた。

「私もご一緒させていただけませんでしょうか？」

「はあ？　いや、俺は行かないぜ？」

「お願いいたします。必ずやお二人のお役に立ってみせます」

「だから、行かねえって」

「皆で生徒を守ろう!!　なあ、宇髄!!」

宇髄は頭を抱《かか》えたくなった。絶妙に話が通じない。煉獄のゴーイングマイウェイぶりは元からだが、カナエも相当なものだ。

何より、一点のくもりもない四つの瞳《ひとみ》に見つめられ、体中がむずがゆくて仕方ない。

(ちゃっちゃと終わらせて解散すりゃあいいか)

どうせ何も出ないのだ。校内を一時間もまわれば、諦めるだろう。

「わかった。わかった。明日の二十三時に校門の前、集合な」

「おぉ！」

「ありがとうございます」

煉獄とカナエがそれぞれ、ぱあっと笑顔になる。宇髄は「へぇへぇ」とおざなりに応えたあとで、向かいの席に座る悲鳴嶼に眼を向けた。こうなれば、旅という程でもないが道連れだ。

「もちろん、悲鳴嶼さんも行くんだろ？」

「夜回りか……」

筋骨隆々《きんこつりゆうりゆう》の大男のわりに涙もろい彼は、熱燗《あつかん》のお猪口から顔を上げると、つぅっと涙を流した。

「無論、参加すると言いたいところだが……あいにく、明日は出張でな。帰りが何時になるかわからないので、遠慮する。すまない」

「なんだよ、タイミング悪《わり》ぃな。――不死川。お前はどうだ？」

宇髄が悲鳴嶼の右どなりへ視線を移す。同僚はちょうど、弟との通話を終えたところだった。スマホから顔を上げ、長い前髪の下から鬱陶《うつとう》しげにこちらをすがめ見た。

「あァ？」

授業中でもえりは全開。ノーネクタイ。近づくだけで幼子にガン泣きされる程顔が怖く、しゃべり方も相当感じが悪いが、女子供老人にたいそうやさしい彼は、犬猿の仲の冨岡とかかわらざるを得ない時及び、愛する数学をバカにされた時以外は、とても良識的な人物だ。

ただ、シャツの前だけは留めない。絶対に留めない。冠婚葬祭《かんこんそうさい》でも留めない。

「電話しながらでも話は聞こえてただろ？　明日、学校の見回りすんぞ」

「悪ぃが、俺は無理だ」

「あ？　なんだよ。女か？」

「はァ？　テメェと一緒にすんじゃァねぇよ」

不死川はいまいましげに舌打ちすると、ぶっきら棒に続けた。

「金曜の夜は大抵《たいてい》、母ちゃんが残業で遅くなるからなァ」

職場まで迎えに行くということなのだろう。もしくは、まだ幼い弟妹たちのために早く帰るということか。

不死川の父親は彼が幼い頃に亡くなったらしく、母親が女手一つでけんめいに七人兄弟を育ててくれたそうだ。それゆえ、この同僚は大の母親想い、家族想いだ。

「相変わらずのマイホーム兄貴だな」

ている。

「うるせェ」

宇髄がからかうと不死川はケッとそっぽを向いた。そんな彼を誰もがほわほわと見つめ

「——なら、冨岡」

宇髄は自身の右脇《みぎわき》を見やった。

「お前はどうだ？」

これまで一言も口を利《き》かなかった冨岡は、口の中の食べ物を飲みこむとのっそり口を開いた。

「…………俺は……」

「用がねえなら、参加決定な」

酒に酔っているせいか、いつも以上にボソボソとしゃべる同僚にいらだった宇髄が、半《なか》ば強引に話を終わらせる。そこへ、大皿に山のように盛られた手羽先と蛸《たこ》の唐揚《からあ》げ、鮭《しゃけ》大根が運ばれてきた。好物の登場に冨岡の両目が地味に輝いている。

「ほら、飲もうぜ」

そう言って、お猪口に酒を注《つ》いでやると、かもくな同僚はこくりとうなずき、再び黙々と酒を飲み始めた。

その後、カナエの歓迎会は日付が変わるまで続き、翌朝、多くの教師が二日酔いと寝不足を抱えて教壇に立った。

――そして、約束の二十三時。

✵

「寒っ……まだ、夜は意外と寒ぃな」

宇髄は吹きつける夜風に背中を丸めた。思いの外《ほか》、早く着いてしまったため、自分の他は誰も来ていない。寒さもだが、昨日の酒がまだ残っている。そして、眠い。

眠気覚ましのガムをくちゃくちゃかみながら、手持ぶさたにスマホのアプリを弄《いじく》っていると、

「すまない。遅くなった」

「遅ぇ《おせ》よ、冨お――」

宇髄が振り返ると、片手を上げながら駆け寄ってくる冨岡義勇の姿があった。キラキラと輝く笑顔に、ふくらませ損《そこ》ねたガムがパチンと弾《はじ》ける。

冨岡は宇髄の前までやってくると、周囲を見まわしてほっと息を吐き出した。

「まだ、他のメンバーは来ていないようだね。六月とはいっても、まだ夜は寒いし、カナエさんを待たせるようなことがなくてよかったよ」

「………………」

「ああ、宇髄君は寒くないかい？　よかったら、このジャージを貸そうか？」

「誰だよ!!」

ようやく我に返った宇髄が叫ぶ。冨岡が驚いたように両目をしばたたかせる。

「え？　誰って……冨岡義勇だけど？」

「何が、『冨岡義勇だけど？』だ。俺の知ってる冨岡はそんなさわやかな野郎じゃねえ。何を考えてるかわかんねぇ目をした暗くて無口で不愛想な男だ」

「ひどい言われようだなぁ……宇髄君、そんなふうに俺のことを思ってたのかい？」

「大体、なんだよ『宇髄君』って。未だかつてお前にそんな呼び方されたことねえわ」

宇髄が今更《いまさら》ながら、ぞわりと震える。あまりの気色悪さに両腕にびっしりと鳥肌が立っている。

（どうしちまったんだ、コイツ……）

そういえば、昨日《きのう》の飲み会で冨岡が食べた鮭大根に怪しげなきのこが混入していた。店側は調理の最中にまぎれこんでしまったものだと説明し、謝罪していたが、アレにあたったのではないだろうか、と密かに危ぶんでいると、

「すまん！　遅くなった‼」

「ああ、煉獄。ちょうどいいところに――」

声のする方に振り向いた宇髄が、しかし、友が背負っているバカでかい登山用リュックに頭を抱えた。

「おまっ……行く場所、ちゃんと聞いてたか？　なんだ、そのリュック」

「千寿郎《せんじゆろう》がひどく心配してな。家中の塩をかき集めて持たせてくれたのだ」

「その中、全部塩なのか⁉　どれだけ家に塩があんだよ」

「粗塩《あらじお》、食卓塩、それから岩塩もあるぞ！　塩せんべいもだ‼」

「塩せんべいをどうすんだよ？　食うのかよ――って、でけえなその岩塩。赤ん坊ぐらいあんじゃねえか」

「ホントだ。こんな岩塩、どこで売ってたんだい？」

脱力する宇髄の脇からひょこりと顔を出した冨岡が、ニコニコと両目を細める。

「それにしても、千寿郎君は兄想いの良い弟だなぁ。俺には姉だけで下がいないから、羨ましいよ」

そのさわやかな口ぶりに先程までの問題を思い出した宇髄が、煉獄の肩をつかんだ。

「煉獄。冨岡がおかしい」

「冨岡が？」

煉獄がきょとんとした顔になる。

「また、それかい？」

と、冨岡が困ったように肩をすくめる。やれやれとわざとらしくしてみせるのが、小憎らしい。宇髄から煉獄へと視線を移すと、

「ずっとこうなんだ、彼。煉獄君、君からも宇髄君に言ってやってくれないかい？」

（そのしゃべり方から、すでに変だろうが。何が『彼』だ）

イライラした宇髄が、な、と煉獄を見る。

だが、同僚が「うむ！　確かにおかしいな!!」と同意してくれることはなく、あまつさえ、

「どうおかしいんだ？」

とたずね返してきた。

「は？　いや……どうって」

思いもよらぬ返しに宇髄は言葉に詰まった。友の両の眼には、なんのてらいも疑いもない。

「冨岡がおかしいんだろう？　どこがおかしいんだ」

「っ……」

まさか、煉獄には冨岡の様子が普段通りに映っているのだろうか？　このただのさわやかイケメンになり下がった体育教師が……。

（どこがおかしいって、そりゃあまんべんなくだろ。何から何まで変過ぎじゃねえか）

こうなると、この場に不死川実弥がいないことが悔《く》やまれる。たぶんに天然なところのある煉獄ではなく彼ならば、宇髄の望み通りの反応を返してくれただろう。

そこまで考えたところで、いや、待てと思う。

本当にそうなのか。

（そもそも、冨岡ってどういう奴だったよ？）

煉獄がまったく違和感を抱いていないことが、宇髄にゲシュタルト崩壊《ほうかい》を起こさせた。

冨岡。冨岡義勇。いつもの冨岡――。

徐々に自信がなくなっていく。頭の中が同僚の顔でいっぱいになったところで、プツンと何かが切れる音がした。

（………あー、なんかもうどうでもいいわ）

大体、どうしてここまで自分が冨岡のことを考えなければならないのか。

（気のせいだ。気のせい）

一気にアホらしくなったところで、タイミングよくカナエが到着し、一同は夜回りを開始することになった。

連れ立って校門をくぐり、校舎へと入る。

夜の校内は当然ながら暗く、まるで見知らぬ建物のようだった……。

✵

「むう。暗いな」

「不謹慎《ふきんしん》だけど、肝試《きもだめ》しみたいでわくわくするなあ」

「足元、気をつけろよ。カナエ先生」

「ええ、ありがとうございます」

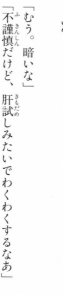

真っ暗な廊下を懐中電灯を持った煉獄とスマホのライトを点《つ》けた宇髄が先行し、カナエと冨岡がそれに続く。

「まずは生物室の壺の方からだな」

廊下をはいずりまわる老人は、基本、どこにあらわれるかわからない。ゆえに、まずは所在のはっきりしている方から当たることにしたのだ。

「うむ！　確か、老人が飛び出した壺が生物室をはいずりまわるんだったな⁉」

「二つの話が混《ま》じってんじゃねえか」

お陰でよりグロテスクな怪談になっている。

そこで歩きながら二種類のうわさ話を整理してみることになった。

「まずは、壺の妖怪の方な……」

・口が三つに眼が一つ、手がたくさんある。
・その妖怪に眼をつけられた人はえんえんとマウンティングされる。
・よくわからない自慢話を無視すると、すべての手でくすぐってくる。
・絶対独身。（某絡繰《からくり》大好き少年による証言）
・よく見ると左右のバランスが若干狂っており、それを指摘すると激怒し、汚い言葉を浴びせてくる。

・芸術家気取りでヒョッと下品に笑う。

「んでもって、廊下をはいずる妖怪は――」

・泣きながら校内の廊下をはいずりまわる。
・常に恨《うら》み言《ごと》を言っている。
・パッと見、着物姿の老人だが、よく見ると二本の大きな角《つの》と牙《きば》があり、人間の姿をしていない。
・自分より体が小さい人を見ると襲《おそ》いかかって持ち物を盗む。
・中等部の時透《ときとう》君に襲いかかろうとして返《かえ》り討《う》ちに遭《あ》い、かかと落《お》としを喰《く》らったため、頭に大きなこぶがある。

「あらためて聞くと案外しょうもねえな」

宇髄がため息をつく。

マウンティングやくすぐり、物を盗むなど、人間にも出来そうな被害しか出ていない。

どちらも不気味な外見以外はうざいだけで、しかも、廊下をはいずる妖怪の方は、中等部の少年に負けている。正直、なんだかなぁという感じだ。

元々ほとんどないやる気がさらになえた。

そんな宇髄とは逆に、

「断じて、許せん!!」

煉獄は珍しく真顔《まがお》で怒っている。

「相手の嫌《いや》がることをするのはダメだ!!」

「そりゃ、まあそうなんだけどよ……」

「生徒を傷つけるものは、なんであろうと許さん!! この煉獄杏寿郎が、必ずや成敗《せいばい》してくれる!」

熱血歴史教師が声高《こわだか》に宣言する。

すると、その宣言に対抗するように、仄暗《ほの》い廊下の奥からなんとも耳障《みみざわ》りな音が聞こえてきた。


ずりずりずり……ずりずりずり……。

何かが床をはいずりまわっている音だ。

それに時折、すすり泣《な》きが混じる。なぜじゃ、としゃがれた声がうめいた。

「……なぜ、誰もが儂《わし》をいぢめるのか……何一つ悪いことなどしておらぬというに……なぜじゃ……」

恨みがましいその声は、なおもぶつぶつとつぶやいている。

「儂は悪くない…………何も悪くない……悪いのはこの手じゃ……なのに、なんでみなで儂をいぢめるのじゃ…………ああ……恨めしい恨めしいぃ……この世《よ》は『弱き者』をいたぶる非道な極悪人ばかりじゃ……」

足を止めた宇髄が声のする方へスマホを向けると、

「ヒィィィィィィィ」

ライトの明かりの先で、ひび割れた皮膚《ひふ》に二本の角を持った老人が、大袈裟《おおげさ》に身を震わせた。時代がかった着物をまとったその姿は、一見、人間のようにも見えるが、まじまじと目をこらせば化け物にしか見えない。額《ひたい》から頭のてっぺんにかけて大きくふくれたこぶは、件《くだん》の中等部の時透君に喰らったというかかと落としの産物だろう。

（……マジかよ。本当にいやがったのか）

十中八九、生徒たちのデマだとばかり思っていたが、まさか実在するとは……。

とっさにどうすべきか判断に困る。これが人間だったなら問答無用でぶん殴《なぐ》ってケリをつけるところだが――。

妖怪相手では、拳《こぶし》で解決できるとも思えない。

「オイ、煉獄。とりあえず、塩、まいとけ。塩」

そう言って横を見ると、しかし、そこに同僚の姿はなかった。

「ああ？　アイツ、どこに……はあ？」

宇髄は、一切《いっさい》、立ち止まることなく、あまつさえ妖怪のすぐ脇をスタスタと通り過ぎて行く煉獄を発見し、目をむいた。

（何やってんだ、アイツ？　まさか、怖くて見えてねぇふりでもしてんのか？　いやいや、アイツに限ってそんなことはねぇだろ）

学生時代からの付き合いだが、宇髄は彼が何かに怯《おび》えている姿を見たことがない。

第一、生徒のため、必ずや成敗すると言っていたばかりではないか。

（なんだ、なんかの作戦か？　でも、そういうことするタイプか？）

混乱する宇髄の背後でカナエがかすかにみじろぎする。それに、ようやく彼女の存在を思い出した。

「カナエ先生、大丈夫か？」

こんなおどろおどろしいものを目の当《ま》たりにしたのだ。さぞやおびえているだろう、と宇髄が新任の女性教師を気遣《きづか》う。

「怖けりゃ、目をつぶって俺につかまって――」

宇髄がそこで言葉を止めたのは、彼女がまったくもっておびえていなかったからだ。

美貌《びぼう》の生物教師は宇髄の脇をすっと通り抜け、老人の妖怪に対峙《たいじ》すると、よく通る声で「臨《りん》・兵《びょう》・闘《とう》・者《しゃ》・皆《かい》――」と唱え始めた。

九字《くじ》をすべて唱え終えたところで、ジャケットの内ポケットからお札《ふだ》らしき物を取り出し、老人の額へと投げつけた。

お札がこぶに触れたとたん、妖怪の体が燃え上がった。

「ギャアアアアアアアアアアアアアアアアアアア!!!!!!!!」

老人が絶叫する。

妖怪の肉体は見る見る焼け落ち、あとに残った灰も、程なく消え失せた。

辺りに、痛いような沈黙がただよう。

「…………なっ」

あまりのことに宇髄が呆然《ぼうぜん》としていると、カナエがにっこりと微笑んだ。

「もう大丈夫ですよ」

「ヒィッ」

上ずった声をもらしたのは宇髄ではなく、冨岡であった。

じりじりとカナエからあとじさる。

「さあ、行きましょう」

何事もなかったかのように一同をうながすカナエに、宇髄がたまらず「オイ」と声をかける。

「今のは――」

「なんでしょう？」

天女のように美しい笑顔がこちらを振り返る。普段と変わらぬおっとりとした声が、やわらかな物腰が、逆に何も聞くな、と凄《すご》んでいるようで宇髄はそれ以上の言葉を呑《の》みこんだ。

こういう時の女に何を聞いても無駄だ。

宇髄は経験からそれを知っている。

「どうした⁉　一刻も早く生物室に向かうぞ‼」

先を歩いていた煉獄が、ようやく皆がついてこないことに気づいたのか、廊下の先で元気に手を振っている。

こちらも普段とまったく変わりない。いや、変わらなすぎる。たった今、この場で起きた異様な出来事など意にも介《かい》していないようだ。

宇髄は違和感を持ちつつも、意気揚々《いきようよう》と生物室へ向かう同僚に続いた。

そんな宇髄のすぐ後ろを冨岡が小走りについてくる。

余程《よほど》カナエが怖いのか、何度も後ろを振り返っては彼女と距離を一定以上に保っている。

なんなら、宇髄の腕にすがりつかんばかりだ。

（オイオイ……そりゃ、いくらなんでもおびえ過ぎじゃねえか？）

こちらもこちらで妙だ。

こんなに臆病《おくびょう》な男だっただろうか。

——が、元々冨岡についてはすべてがわからなくなっているところだ。宇髄は早々に考えることをやめた。

それに、なんだか妙に寒気がする。しかも体がだるくて仕方ない。

さっさと終わらせてラーメンでも食いに行こうと、宇髄は心持ち足を速めた。

生物室の前で宇髄はカナエを振り返った。

「そういや、カナエ先生はその変な壺、見たことねえの？」

「ええ……それらしきものは一度も」

カナエが心なしか残念そうに答える。

残念そうなのが気になるが、生物教師の彼女が見たことがないというなら、常《つね》に生物室にあるわけではなさそうだ。

「移動すんのか？　壺が？　まさかな――」

宇髄が独《ひと》り言《ご》ちながら、生物室に続く戸を開ける。

「中は大変暗いので、皆さんお気をつけてください」

カナエが一同に向けてやわらかく言う。冨岡が、ヒッ、と失礼な声をもらした。

暗幕が引かれた室内は確かに暗かった。他の教室や廊下の比ではない。しかし、件《くだん》の壺《つぼ》はすぐに見つかった。

壺の口の部分から醜悪《しゅうあく》な生き物が、あたかもランプの精のごとく噴《ふ》き出《だ》していたからである。美術教師の宇髄の目から見ても尚、シュールな光景だった。

「これはこれは、間の抜けた先生方。この玉壺《ぎょっこ》に何か御用ですかな。ヒョッヒョッ」

玉壺と名乗る彼は余程、退屈していたのか、教室に入ってきた宇髄らを見つけると、ニヤリとうれしそうにわらった。早速、じろりじろりと値踏みするような視線を向けてくる。

「フン。そろいもそろって審美眼《しんびがん》のなさそうな猿《さる》ばかりだが、それもまた良し」

「……こりゃあ、うざさもキショさもうわさ以上だな」

宇髄が眉間《みけん》にしわを寄せる。

すると、

「なんだと⁉」

と煉獄が叫んだ。

「壺の妖怪がいたのか⁉　どこだ⁉」

「どこだも何も、ねえだろ。俺たちの目の前にいるじゃやねえか」

「むう⁉　どこだ⁉」

岩塩を手に、同僚は明後日《あさって》の方向を見ている。

「暗幕か⁉　暗幕の裏に隠れているのか⁉」

「いや、だから目の前にいんだろうが。どうしたんだよ、お前。さっきから」

眉をひそめる宇髄に、カナエがそっと耳打ちしてきた。

「宇髄先生。煉獄先生にはあの妖怪が見えていません」

「はあ？　あんなバッチリ見えてるじゃねえか」

「たまにそういう方がいらっしゃるんです。あまりに前向きでエネルギーにあふれた方とか、あるいはひどく鈍感な方ですと……」

前者はともかく、後者の方は多少言いにくそうにカナエが告げる。


超ポジティブかつエネルギッシュで、とてつもない鈍感――。


まさに、この同僚のためにあるような言葉ではないか。

宇髄はさっきの煉獄の不可解な行動を思い出し、眉間の皺を解いた。

「まさか、さっきのジジイの時も――」

「はい。見えていなかったんだと思います。おそらくは、声も……」

宇髄がカナエと話している間も、煉獄はしきりに周囲を見まわし、けんめいに生徒たちを悩ます怪異を探している。

「隠れていないで出てこい!!　正々堂々勝負しようではないか!!」

「これはまた、脳まで筋肉でできているような輩《やから》ですねぇ。私のこの美しい姿も見えていないとみえる。どれだけ鈍《にぶ》いのやら」

ヒョヒョッと玉壺が癇《かん》に障《さわ》るわらい方をする。イラッとした宇髄が、

「煉獄、黒板の右端《みぎはじ》だ。水槽《すいそう》のある方な」

「そこか!!　了解した!!」

勢いよくうなずいた煉獄が、岩塩を握りしめた手を大きく振りかぶる。


——直後。


すさまじい炸裂音《さくれつ》とともに黒板に岩塩がめりこんだ。

「ヒョッ……」

玉壺の三つの口から間の抜けた悲鳴がもれる。

「どうだ、宇髄!?　当たったか!?」

あいにく、巨大な塩の塊《かたまり》は玉壺からわずか数センチ程それていた。だが、真っ青になった化け物はとたんに静かになり、こそこそと壺の中へ逃げこんだ。

それを見計らったようにカナエが壺に近づき、口の部分にペタリとお札《ふだ》を貼った。そし

て、「お見事です」と煉獄をねぎらう。

「煉獄先生のお陰で、生徒たちがこれ以上マウンティングされることも罵詈雑言《ばりぞうごん》を浴びせられることも、くすぐられることもなくなりました」

「そうか！　それはよかった!!」

わぁーっと愛らしく拍手をしてみせるカナエに、煉獄が明るく笑う。

（コイツ……物理的な力で撃退しやがった）

宇髄が若干引き気味に同僚を見やる。

「どうしたんだ？　宇髄」

「いや」

なんとなく視線をそらせると、紙のように真っ白な顔になった冨岡と目が合った。その顔色の悪さにぎょっとする。まるで死人だ。

「冨岡、お前。大丈夫か？」

「だ、大丈夫だよ、宇髄君。その……煉獄君がいろいろすごすぎて、ちょっと驚いただけだから……ハ……ハハハッ」

冨岡は無理に笑ってみせたが、目は笑っていない。歯の根も合っていない。汗もダラダラと流れている。どう見ても大丈夫ではない。

「次は、廊下をはいずりまわる妖怪だな!!」

煉獄が善は急げとばかりに生物室を飛び出していく。

彼は件《くだん》の老人がカナエの手によって、すでに調伏《ちょうぶく》されたことを知らない。宇髄がそれを教えようとすると、

「見つけたぞ！」

と教室の外で友が叫んだ。

「上の階だ!!」

「は？　ソイツならカナエ先生がもう――」

宇髄が廊下に顔を出した時には、煉獄は生物室の脇にある階段を六段飛ばしで駆け上がっていた。

「だから、ソイツならもうカナエ先生が退治したんだよ」

なあ、と宇髄が自身の後ろからやってきたカナエに同意を求めると、カナエが困ったような顔になって言った。

「……私も確かに上の階から物音を聞きました」

『てちてち』という足音だったという。

「もしかすると、泥棒かもしれません」

「いや、いくらなんでも、そんな間抜けな足音をした泥棒がいるか？」

第一、ここは学校だ。金目のものはほとんどない。

では、学校を狙《ねら》う泥棒がいないかといえば、そういうわけでもなく、先日も、どこぞの高校ですべてのパソコンを最新式にしたとたん、根こそぎ盗まれたという話を聞いたばかりだ。

まさかと思いつつも、宇髄は煉獄のあとを追って階段を上った。

果たして、そこにいたのは泥棒などではなかった。

「お前ら……なんでこんなとこにいんだ？」

その見慣れた顔に、宇髄が片眉を上げる。

——竈門《かまど》炭治郎《たんじろう》に我妻善逸《あがつまぜんいつ》、そして嘴平伊之助《はしびらいのすけ》。

三人とも、宇髄がリーダーを務《つと》めるバンド・ハイカラバンカラデモクラシーのメンバーであった。

「つまり、興味本位ではなく、下級生たちがおびえている怪談を自分たちの手でなんとかしようと思った――そういうわけなのだな？」

煉獄が念を押すと、三人を代表して炭治郎が「はい」と殊勝《しゅしょう》にうなずいた。真面目な彼はすっかりしょげ返っており、左右の眉尻《まゆじり》がしゅんと下を向いている。

「俺の妹の友達もみんな怖がってて、どうにかしなければと思ったんです」

そこで、友人二人に相談すると、快《こころよ》く手を貸してくれると言ったそうだ。

「俺様は妖怪なんざに負けねぇ!!　必ず、勝つ！」

伊之助が胸を張る。そして、フンと鼻を鳴らした。

「何より、俺は親分だからな。子分だけに危ない真似《まね》はさせられねぇ」

一応、こちらも純粋な思いからのようだ。

煉獄が最後の一人を見ると、彼は慌《あわ》ててキリリとした表情を作った。

「俺も学園の平和を守りたい一心です」

「ハイハイ。んで？　本音《ほんね》は？」

　宇髄がすかさずたずね返す。善逸はカッと両目を見開いた。

「そんなもん、女の子たちが怖がってる怪談を俺が解決したら、モテまくるだろうからに決まってんじゃないですか！　俺はこれで来年こそ、バレンタインにチョコレートを手に入れるんだ!!」

　鼻の穴をふくらませ、一気にまくし立てる。そして、ハッと我に返った善逸がさあっと青ざめた。

　宇髄が鼻で笑う。

「語るに落ちたな。コイツだけ違う理由だ」

「今のは完全な誘導だ!!　不当な自白の強要だ！　このひきょう者《もの》!!」

「どこが誘導なんだよ。自分で勝手にベラベラしゃべったんじゃねえか。アホが」

　そうぞうしくわめく善逸から宇髄が鬱陶しげに視線をそらす。

「で？　コイツら、どうすんだ？」

　煉獄は「むう」と唸《うな》ると、三人組を見やった。炭治郎はひたすら小さくなっており、伊之助は偉そうにふんぞり返り、善逸は「違うんだ……違うんだぁ」と暗闇でも目立つ金髪頭を抱えている。

「黄色い少年の邪《よこしま》な目的は抜きにしても、君たちの学園や他の生徒たちを想う気持ちはすばらしい。だが、いかなる理由があろうとも、こんな時間に、勝手に校内に忍びこむというのは感心できないな」

煉獄が教師らしくさとすように告げる。――すると、

「勝手にじゃねえぜ」

伊之助が耳の穴をほじりながら反論してきた。宇髄が「あ？」と伊之助を睨むと、友をかばうように前に出た炭治郎が「いえ、実は」と話の先を続けた。

「俺たちも不法侵入はダメだと思って、冨岡先生に相談し、ご同行いただいたんです。今、トイレに行かれているんですけど」

それに宇髄が「ハッ」と笑う。善逸はともかく、伊之助や炭治郎がその場しのぎの嘘《うそ》をつくのは意外だったが、こればかりは相手が悪い。

「オイオイ。地味な嘘つくんじゃねえよ。冨岡ならここに――」

そう言って、後ろを向く。だが、そこに同僚の姿はなかった。

「冨岡？」

まだ下にいんのか、そういや顔色が悪かったな、と階段の下をのぞきこもうとすると、

「呼んだか」

不愛想な声とともに、冨岡義勇が男子トイレから出てきた。

「おま……え？　トイレにいたのか？」

「いた」

「いやいやいや、騙《だま》されねえぞ。お前、俺らとずっと一緒にいたじゃねえか」

「いない」

「いや、いただろうが。二十三時に校門の前で待ち合わせして……なあ？」

話がかみ合わずいらだった宇髄が、煉獄に同意を求める。——が、友は不思議そうな顔で、「何を言っているんだ？　宇髄」と言った。

「冨岡なら、今夜は先約があると昨夜も言っていたではないか」

「はあ？」

「まさか、生徒たちとの約束だとは思わなかったがな。冨岡も、そうならそうと言ってくれればよかったではないか。水臭《みずくさ》いぞ」

「……すまない」

冨岡がボソリと謝る。

「昨夜は鮭大根に夢中になっていた」

この平坦《へいたん》なしゃべり方。圧倒的口数の少なさ。何を考えているのかわからない目つき。

そして、能面のような無表情。

何を取っても、冨岡義勇その人である。

（じゃあ、アレは……今まで一緒に見回りしてたアイツはなんなんだ？）

「宇髄、今日の君は変だぞ？　独り言《ひとりごと》も多いし、急にその場にいない冨岡のことをおかしいだなどと言い出すし」

（独り言？　その場にいない？）

「顔色もよくないし、風邪《かぜ》でも引いたのではないか？　なあ、冨岡」

「確かに、顔色が悪いな」

（そう言えば、コイツ……）

夜回りの間、煉獄は一度として自分から冨岡へ話しかけていなかった。名前すら呼んでいない。

カナエ曰《いわ》く、この同僚の目には人ではない物は見えない。

声も聞こえない。

つまり――。

「宇髄先生……」

とカナエがすまなそうに呼びかけてきた。

「害のないものまね幽霊だと思ってしばらく様子をみていたのですが……。恋人がいる男性をひどく憎んでいたようです。顔見知りに化けて近づいて取《と》りつき、呪《のろ》い殺《ころ》す悪霊《あくりょう》でした。申し訳ありません」

でも先程、ちゃんと調伏《ちょうぶく》いたしましたから！　と花のような笑顔で続ける。

ふとガラスに映った自分の顔を見た宇髄は絶句した。頬《ほお》はこけ、目の下は黒紫、顔の色は灰色である。

ぐらりと眩暈《めまい》を起こし、宇髄は意識を失った。

✵

その後丸二日、宇髄天元は寝込んだという。

三人の恋人の献身的な看病で回復したが、生徒や同僚からは鬼の霍乱《かくらん》とうわさされ、煉獄、冨岡の両名からは『やはり、様子がおかしかった』と心配され、カナエからはそっとお札《ふだ》を手わたされた。

一方、一人だけ深夜の不法侵入に対して反省文を書かされた善逸は、どうしてもバレンタインチョコをゲットしたい一心で、この一か月後に炭治郎を道連れにとんでもない秘策にでるのだが、それはまた別のお話。

因《ちな》みに、生物室の黒板は今も岩塩がめりこんだままの状態で使われており、学園の新たなパワースポットの一つになったとかならないとか——。

何はともあれ、キメツ学園は今日もそれなりに平和である。

あとがき

吾峠呼世晴

お疲《つか》れさまです、吾峠《ごとうげ》です。
小説版3冊めを書いていただきました！
矢島《やじま》先生ありがとうございます。
引き続き挿絵《さしえ》のミスもありましたが、編集の里の忍びの皆さんが
凡《ぼん》ミス退散《たいさん》の術《じゅつ》で止めてくださいました。
子供たちもたくさん鬼滅《きめつ》の小説を読んでくれているようで
とても嬉しいです。文字がいっぱいあると読みたくないという
気持ちになるかもしれませんが、言葉をたくさん知ることは、
自分の気持ちを誰かに伝える時とても便利ですよ。
文字や言葉は無限《むげん》に広がる凄《すご》い世界です。
栄養が偏《かたよ》らないように、
漫画も小説もバランス良く読んでみてくださいね。

キラキラ
リーン
チンプイの
ポン
うまく
とべないの
オレだけ？

あとがき

矢島綾

丁度、このあとがきを書いている途中で、
ジャンプ本誌にて『鬼滅《きめつ》の刃《やいば》』が最終回を迎えました。
吾峠《ごとうげ》先生《せんせい》、本当にお疲れ様でした……！
毎週毎週、子供のように夢中になって読んだ二百五話でした。
そんな大人気連載《れんさい》の真《ま》っただ中、常人《じょうじん》には考えられぬ程、
お忙しい日々の合間を縫《ぬ》って、小説版の監修《かんしゅう》をして下さり、
ありがとうございました。毎回、胸がキュンとする程、
愛らしい表紙や、時に爆笑《ばくしょう》し、時に涙し、
時に見惚《みほ》れてしまうような挿絵《さしえ》の数々を描いて下さり、
うれしくて有難《ありがた》くて仕方ありませんでした。
先生の描かれるイラスト、物語、キャラクター、台詞《せりふ》まわし、
作品から醸《かも》し出《で》る匂い、心の底から大好きです。

担当の中《なか》本《もと》様《さま》、またしてもお世話になりました。
すぐ弱気になったり、無《む》駄《だ》に心配したりしてすみません。
いつも根気よくそれにお付き合い下さり、感謝しかありません。
また、密かに心のふるさとだと思っているJ-BOOKS編集部の
皆様、細部にわたりご確認下さった週刊少年ジャンプ編集部の
浅《あさ》井《い》様《さま》、校正をご担当下さった株式会社ナートの塩《しお》谷《たに》様《さま》と佐《さ》藤《とう》様《さま》、
この本の制作・出版に携《たずさ》わって下さった多くの方々、
陰《かげ》日《ひ》向《なた》となり支えて下さった沢《たく》山《さん》の方々、
そして、本書をお手に取って下さった皆様
一人一人に、心からの感謝を送ります。

■初出
鬼滅の刃　風の道しるべ　書き下ろし

[鬼滅の刃] 風の道しるべ

2020年 7月 8日　第1刷発行

著　者／吾峠呼世晴 ◉ 矢島綾

装　丁／阿部亮爾　松本由貴 [バナナグローブスタジオ]

編集協力／中本良之　株式会社ナート

編集人／千葉佳余

発行者／北畠輝幸

発行所／株式会社　集英社

〒101-8050　東京都千代田区一ツ橋 2-5-10
TEL 03-3230-6297(編集部)
03-3230-6080(読者係)
03-3230-6393(販売部・書店専用)

印刷所／図書印刷株式会社

Printed in Japan　ISBN978-4-08-703498-1 C0293

検印廃止

守るため
振るえ、
滅私の刃。
時は大正。
竈門《かまど》炭《たん》治《じ》郎《ろう》は鬼となった
妹・禰《ね》豆《ず》子《こ》のため、
家族を奪った鬼を討つため、
刃を取る。
ジャンプ コミックス
鬼滅の刃シリーズ
絶賛発売中!!
吾《ご》峠《とうげ》呼《こ》世《よ》晴《はる》
最新情報は公式HPで!!
URL ▸▸▸ https://kimetsu.com/

JUMP j BOOKS：http://j-books.shueisha.co.jp/

本書のご意見・ご感想はこちらまで！

http://j-books.shueisha.co.jp/enquete/